매뉴팩트 커피,

커피 하는 마음

김종진 글·김종필 사진

매뉴팩트 커피,

커피 하는
마음

작고 단단한 마음

수오서재

차례

매뉴팩트 커피 10년을 돌아보며 썼다. 내가 좋아하는 일이 무엇인가를 쫓다 엉겁결에 시작한 일에 관한 이야기다. 일하면서 사람을 만났고 만남 가운데서 여러 기회를 얻었다. 주어진 기회에는 최선을 다했다. 사람 때문에 웃고 사람 때문에 울었다. 나와 가족과 직원과 손님을 위해서 일했다. 사업이 흥해보기도 하고 좌초를 겪기도 하면서 머릿속에 변하는 생각과 단단해지는 마음을 거치면서 조금씩 성장해왔다고 느낀다. 사업이 이런 줄 알았다면 애초에 시작하지 말 걸 하면서도, 일이 주는 기쁨을 느낄 때면 부푼 가슴이 마냥 즐겁다. 한 번도 겪어보지 못한 압박과 절박함은 나라는 사람의 진면목을 드러나게 하고, 그것을 극복한 순간의 나는 세상에 못 할 일이 없어진다.

이 글은 한 인간이 일을 통해 깨닫게 된 생각에 관한 책이다. 좋아하는 일을 하면 끝끝내 벌어지고야 마는 결과들을 마주하는 심경 고백 같은 글이다. 좋아하는 일로 밥벌이를 하는 사람의 이야기이자, 평범한 삶을 살던 사람이 일을 만나고 사람을 만나며 변해가는 성장에 관한 이야기다. 지난 10년을 통과하며 경험한 일들을 엮어 책을 낸다. 내가 하는 일을 좋아하게 되면, 그 일이 업이 되면, 내게 환상적인 일들이 벌어진다는 사실을 말하고 싶다. 좋아하는 일을 했을 뿐인데 이렇게 글을 쓰고 책을 낸다. 환상적인 일이다.

2025년 2월 연희동에서

김종진

1장

어쩌다 커피

2023년 7월 12일 수요일. 파주공장으로 출근한다. 파주로 들어온 게 2020년 봄이었고 오늘은 여름이니 3년이 차고 한 계절을 더 맞이했다. 파주에 로스팅 공장을 운영하기로 하면서 삶의 터전도 이곳으로 옮겼다. 파주에서 꼭 살아보고 싶어서 내린 결정이라기보다는 회사에서 중요한 생산공장이 생기는 일이니만큼 공장이 '정상 운영'될 때까지만 가까운 거리에서 살펴보자는 마음이 컸다. 이 결정엔 일종의 책임감이 크게 작용했다. 2015년부터 2019년까지 매뉴팩트 두 번째 매장인 도산공원점을 만 4년 동안 운영하면서 매일 압구정으로 출퇴근했다. 2017년에 세 번째 매장인 방배점을 열었을 때도 신규 매장을 개점한 데 따른 기대와 불안에 신경을 예민하게 유지했다. 현장에서 눈으로 보고 직접 손을 거쳐야 책임을 다했다고 여기다 보니 신규로 매장이 만들어질수록 책임의 무게도 커졌다. 연희동 본점에는 형이 있으니 안심하고 바깥 활동에 매진했다. 나는 한 번 결정한 일에는 책임을 다하는 성격이고 일이 잘되든 안 되든 결과가 필요하다. 결과를 중시하지만 그렇다고 해서 과정도 소홀히 하지는 않으려 한다. 나름 살아온 궤적을 살펴보면, 삶을 주도적으로 살아야겠다고

작고 단단한 마음,

마음먹은 20대 초반부터 지금까지 성실함을 바탕으로 결과를 쌓아오지 않았나 싶다. 나는 누구인가, 라는 철학적 물음이 무겁게 받아들여지기 시작한 20대부터 나라는 사람을 들여다보기 시작했다. 나는 무엇을 좋아하고 무엇을 잘하고, 무엇을 했을 때 보람을 느끼는가. 이 물음에 답을 달 수 있는 경험들을 찾아다녔다.

20대 때 경험한 구체적인 일들이 낳은 결과는 순탄했던 것도, 순순히 흘러가지 않았던 것도 있었다. 좋았던 결과는 그 자체로 좋았고 좋지 않았던 결과는 나름의 무언가를 깨닫게 해주었기 때문에 그것조차도 좋았다. 원래 긍정적이고 낙천적인 성격인지라 결과에 무딘 걸지도 모르겠지만. 결과적으로 지금의 나는 과거에서 흘러온 내가 만난 여러 선택의 결과로 만들어진 셈이다. 선택한 일에 대한 책임을 무겁게 생각하기 때문에 일단 성실하게 일한다는 전제로 일의 결과를 만들기 위해 노력했다. 성실하게 노력했지만, 결과가 좋지 않다면 이건 내 능력 밖의 일이라 여기고 깨끗이 단념했다. 파주에서 세 번째 여름을 맞이하고 있는 걸 보면 나의 노력은 여전히 정상 운영을 향해 '진행 중'인가 보다.

보이지 않는 손

파주공장에 도착한 시각은 오전 8시. 로스터기는 웅웅거리며 몸을 덥히고 있다. 제조실에서 콜드브루에 사용할 원두를 갈아내는 소리가 경쾌하다. 언제 들어도 기분 좋은 소리다. 커피를 내릴 때 가장 기분 좋은 순간을 꼽으라면 첫째는 분쇄된 향을 맡는 순간이고, 둘째는 원두에 물을 부어 뜸이 오르는 순간이다. 원두를 분쇄하는 순간, 커피는 성격을 드러낸다. 이 성격은 커피나무가 뿌리 내린 흙의 성질과 해, 그리고 바람을 바탕으로 한다. 높은 고도가 선사하는 낮과 밤의 일교차는 열매를 더디게 키워 속을 단맛으로 천천히 채운다. 수확기가 되면 농부의 손에 의해 농익은 열매는 씨앗과 과육으로 분리되고 씨앗은 물과 햇빛과 바람에 몸을 맡겨 제 성격을 갖춘다. 그렇게 생두로 거듭난 커피는 땅과 종자와 재배 환경을 이해한 로스터의 손을 거쳐 비로소 다시 태어난다. 로스터는 열과 바람과 시간을 이용해 갑옷처럼 단단히 봉인된 성격을 열어 생두 속에 잠들어 있는 원두를 깨운다. 커피를 내리는 사람은 물과 압력과 시간을 다뤄 커피가 가진 본질을 드러내고 커피가 가진 또렷한 개성을 고객에게 전달한다. 일상에서 쉽게 만나는

작고 단단한 마음,

커피는 눈에 보이지 않는 많은 손을 거쳐 우리 손에 쥐어진다. 좋은 커피는 공정마다 보이지 않는 손이 제 역할을 다할 때라야 만날 수 있다. 우리가 커피를 진지하게 하는 이유다.

커피는 장거리 마라톤

콜드브루 제조실 안쪽에선 구성원이 유리병을 칸마다 진열한다. 방금 분쇄된 원두가 컵에 소분되어 유리병 위로 올려져 커피를 추출할 채비를 갖춘다. 수도 밸브를 열어 3초에 한 방울씩 정수 물을 떨어트린다. 흙에 빗물이 스며 뿌리까지 내려가듯, 원두 위에 떨어진 정수 물은 커피에 스며 커피 성분을 머금고 유리병 안으로 떨어진다. 오후 4시가 되면 추출을 마친 커피는 냉장고에 들어갈 것이다. 나는 전날 형이 볶아 놓은 커피를 꺼내 테이블 위에 한 줄로 늘어놓는다. 매뉴팩트의 블렌딩 커피는 폴 고갱, 카멜리아 그리고 샌프란시스코가 있다. 싱글오리진 커피는 에티오피아 예가체프 첼베사, 코스타리카 산 이그나시오 그리고 케냐 씨안다가 있다. 디카페인은 두 종, 브라질과 과테말라가 있다. 흰색 자기로 된 커핑 볼*cupping bowl*에 커피를 12g씩 소분한다.

EK43 그라인더의 입도를 9포인트로 맞추고 소분한 원두들을 차례로 갈아낸다. 에티오피아 예가체프 첼베사에서 라벤더 향이 진동한다. 이럴 때면 좋은 건 나누고 싶은 마음이 강해져 제조실이든 사무실이든 눈에 밟히는 사람 누구에게나 향을 맡아보라고 채근하고 싶어진다. 물이 끓으면 커핑 볼에 담긴 원두에 붓는다. 가벼운 원두는 물 위로 뜨고 무거운 원두는 가라앉는다. 3분이 지나면 물 위로 떠오른 부유물을 정성껏 걷어낸다. 커핑 볼에서 피어오르는 아로마를 차례로 맡는다. 물을 붓고 12분 정도 지나 한숨 식으면 커피를 흡입하면서 향과 맛, 여운, 강도, 질감, 구조감 등 커피로 표현할 수 있는 정보를 적는다. 숫자로 수치화하여 점수를 매기면 커피에 대한 객관적 기준이 생긴다.

　　커피를 맛보는 건 쉽지만 표현하는 건 어렵다. 머릿속에 저장된 향과 맛을 기억하기도 어려울뿐더러 언어로 표현하기란 더 어렵다. 지금까지 먹었던 음식과 마셨던 음료에서 향과 맛을 얼마나 기억해낼 수 있는지가 관건이다. 어제 외운 영단어가 기억저장소에 보관되어 있지 않다면 꺼내 쓸 수 없는 것처럼 내가 맛본 것을 기억하는 게 무엇보다 중요하다. "정말 훌륭한 커피군

작고 단단한 마음,

요"라는 누군가의 말에 수긍하려면 객관적인 기준을 바탕으로 커피를 맛본 모두가 공감할 수 있는 지표가 필요한데, 커핑*cupping*은 객관적 지표로써 적확한 도구이다. 물론 주관을 객관화하기란 어려운 일이고 사람마다 정도의 차이가 있어 커핑에 능숙해지는 데 시간이 필요하다. 그렇기 때문에 커피를 한다는 건 단거리 달리기보다는 장거리 마라톤에 가깝다. 커피를 맛보고 향미를 떠올린다. 처음 알게 된 향미는 언어로 쓰고 말하면서 기억저장소에 하나씩 컵 노트를 쌓아간다.

커핑을 하는 목적은 사용자에 따라 달라진다. 바이어는 생두를 구매하기 위해 커핑하고 로스터는 생두의 프로파일을 잡기 위해 커핑한다. 바리스타는 로스터가 생산한 커피의 상태를 확인하고 추출 레시피를 만들어 고객에게 최고의 커피를 제공하기 위해 커핑한다. 고객도 커피를 하는 사람들과 마찬가지로 커핑을 할 수 있다. 내가 구매한 커피를 커핑하면 향과 맛 그리고 캐릭터를 알 수 있다. 내가 마시는 커피에 더 가깝게 다가갈 수 있다. 고객은 구매한 커피로 집에서 커핑할 수도 있지만 구매해보고 싶은 커피가 있는 가까운 커피 가게에서도 커핑할 수도 있다. 최근 10년간 많은 수의 로스터리가 생겼고 그중에서 퍼블릭 커핑을 여는 매장도 많아졌다. 로스터리마다 내놓는 커피의 수와 종류가 다양하고 주제에 따라 퍼블릭 커핑도 점차 다변화하고 있다. 퍼블릭 커핑에 참여하는 일반 고객도 많아지고 있어서 내가 마시는 커피에 대한 지식과 정보를 손쉽게 얻어갈 수 있다. 매뉴팩트에서도 퍼블릭 커핑을 진행하는데, 커핑에 참여하는 분들께 퍼블릭 커핑은 얼마나 자주 다니시는지 묻곤 한다. 일주일에 주 1회 이하로 다니는 분이 다수이고 2회 이상 다니는 분도 있다. 커피를 취미로 삼으면서도 꾸준히 커핑 세션에 참여하는 분들의 열정을 확인하면 감탄스럽다. 향을 맡고 맛을 보며 느껴지는 것에 관해 자유롭게 의견을 나눈다. 역시나 커핑에 자주 참여하는 참가자의 표현이 월등하다. 커피를 표현하는 능력이 커핑의 횟수에 꼭 비례하는 건 아니다. 그러나 꾸준히 하지 않고서는 실력이 늘지 않는다. 꾸준히 지속하는 힘은 객관적 지표 달성의 필요조건이다.

커피는 할수록 어렵고 실력이 좀처럼 늘지 않는다. 어떤 일이든 숙련의 시간으로 일정 기간을 보내면 숙달이 되고 실력이 생겨야 마땅한데 커피는 꼭 그렇지만은 않은 것 같다. 아무래도 변수가 많은 것이 이유가

작고 단단한 마음,

아닐까 싶다. 커피는 농작물이라 재배 환경에 따라 수확의 결과가 매해 다르다. 날씨에 따라, 볶는 양에 따라 그리고 로스팅할 때마다 다르다. 물 온도나 에이징에 따라서도 커피는 내릴 때마다 다르다. 기계를 다루고 도구를 다루는 일이 점점 익숙해질지언정 농작물인 커피를 다루는 일은 잡힐 듯 잡히지 않는다. 내 맘대로 쉽게 되지 않는 게 이 일을 지속하게 만드는 원동력이 되기도 하지만 간간이 만나는 고약한 순간들은 지금까지 쌓아온 지식과 정보를 무색하게 해 당황하게 만든다. 그럼에도 불구하고 이 일이 사랑스러운 건 어쩌다 훌륭한 커피를 만나게 되는 순간이고 그 커피를 고객에게 전달하고 싶은 기대와 설렘 때문이다. 커핑 폼에 갈겨진 글씨체를 해독하며 맥북에 옮긴다. 알아보기 쉽게 정리하여 자사 서버에 자료를 올린다. 자료는 각 지점으로 전달되어 커피 세팅에 참고 자료로 사용된다. 손목을 들어 시간을 확인하니 바늘이 오전 10시를 가리킨다.

하고 싶은 일과 필요한 일 사이에서

파주에 들어와서 내가 하는 일은 몇 가지가 있다. 전날 로스팅한 커피를 커핑한다. 매출과 비용을 관리한다. 사람을 만난다. 회사와 관련한 소식을 글로 써서 사회관계망 서비스에 공유한다 등등. 이제 내 업무 대부분은 커피를 직접 내리는 일과는 관련이 없다. 읽고 듣고 보고 쓰고 말하는 일로 하루를 채운다. 문득, 종일 컴퓨터 앞에 앉아 자판을 두드리고 있는 나를 발견하고는, 나는 커피를 하는 사람인가 아니면 사무업무를 하는 사람인가 하는 정체성에 혼란을 겪는다. 커피를 시작하고 회사가 커질수록 커피에서 점점 멀어지는 역설적인 상황을 겪는다. 하고 싶은 일과 필요한 일 중에서 하고 싶은 일로부터 멀어지고 필요한 일을 해내야 하는 사람으로 변해가는 변태의 과정을 거친다. 내 가게를 만들면, 하고 싶은 커피를 마음껏 할 수 있어서 좋다. 사고 싶은 생두를 직접 고르고 원하는 대로 커피를 볶고 갖가지 방식으로 커피를 테스트해볼 수 있어 기쁘다. 가구를 고르고 페인트를 손수 칠하며 인테리어를 마음대로 꾸며보는 것도 하나의 즐거움이다. 손님을 맞이하고 대화하고 커피를 나누고 관계를 형성하는 것도 이 일을 하고 싶은 큰 이유로 작용한다. 매장을 열고 얼마간은 내 커피를 원하는 만큼 마음껏 해본다. 그러나 얼마간이 지나고 나면 원하는 일 뒤에는 원하는 일을 하기 위해 해야

작고 단단한 마음,

하는 일이 있다는 사실을 깨닫는다.

청소는 기본이고 재고관리와 매출관리, 비용관리와 같은 서류 업무들이 줄줄이 따른다. 때가 되면 부가세 납부서가 어김없이 도착하고 각종 서류를 뒤적인다. 커피를 하기 전엔 커피를 볶고 내리는 일에 따르는 부가적인 일이 이토록 많은지 미처 알지 못했다. 가게를 형과 둘이서만 운영했을 때는 그나마 나은 상황이었다. 함께 일하는 구성원이 늘기 시작하면 인사와 복지, 커피 교육과 서비스 업무가 추가된다. 매장이 늘고 규모가 커질수록 해야 하는 일도 늘어난다. 커피 외 업무를 해야 하는 건 직원도 피해 갈 수 없다. 입사 지원하는 사람들과 면접해보면 적지 않은 수의 지원자가 정말 순수하게 커피를 해보고 싶어 한다. 막상 커피 일을 시작하면 커피를 내리는 일과 더불어 허드렛일도 많다는 걸 깨닫고는 일을 그만두는 지원자도 있다. 좋아하는 걸 하기 위해 내키지 않은 일도 해야 한다는 걸 받아들이는 일은 '순수한 의도를 가진 그들'에겐 감내하기 어려운 일일 수도 있겠다. 무슨 일이든 마찬가지겠지만, 나는 어떤 일을 정말 좋아한다고 말할 수 있으려면 밝은 면뿐 아니라 어두운 면까지 좋아할 줄 알아야 한다는 걸 알게 되었다.

내가 커피를 해야겠다고 생각한 이유는 하고 싶은 커피를 마음껏 하기 위해서다. 그러나 커피를 만나 허니문 시기를 보내고 나니 하고 싶은 일에 필요한 일이 더해져 업무가 과중한 상태에 도달했다. 그러다가 하고 싶은 일보다는 필요한 일을 해야만 하는, 필요한 사람이 되어가고 있음을 깨닫는다. 이제 나에게 '필요한 일'이란 커피를 하는 구성원이 '하고 싶은 일'을 마음껏 할 수 있도록 환경을 만드는 일이다.

우연히 만난 커피

처음으로 '커피를 해보고 싶다'라는 생각이 든 건 2007년 여름의 어느 날이었다. 당시 스물다섯 살이었던 난, 대한민국을 떠나 외국에서 홀로 살아보고 싶은 마음을 남몰래 키워가던 중이었다. 대학교 3학년 1학기를 마치고 이때다 싶어 휴학계를 냈다. 보통 3학년 2학기는 취업 준비를 시작하는 시기이니 이때 휴학을 한다는 건 동기나 선배의 관심을 끌기에 충분했다. 남들에게 더 없이 중요한 시기에 내게 1년이라는 시간을 허락한 이유는 취업을 준비하는 분위기와 흐름이 나에게 번지는 것을 경계하기 위해서였다. 앞서 말했듯, 3학년 2학기라는 시점은 취업을 위한 이들에게나 가장 중요한 시기일 뿐이고 내게는 새로운 무언가를 시작하기에 더할 나위 없이 좋은 시기로 보였다. 나는 아직 스물다섯이고 여전히 가보지 않은, 미처 경험해보지 못한 세상은 차고 넘쳤다. 마음속에 품어 두었던 해외 장기 체류 계획을 실행에 옮겨 캐나다 몬트리올로 떠날 준비에 돌입했다.

비행기 삯과 체류비용을 마련하기 위해 일자리를 구한 곳은 예술의 전당 내 카페 '모짜르트'였다. (지금은 브랜드 리뉴얼 중이다.) 모짜르트는 일종의 레스토랑으로 음식과 음료를 함께 팔면서 커피를 제대로 만드는, 당시에는 드문 커피 전문 카페였다. 이곳에서 내 직무는 음식을 나르는 서버였고 주방에서 나온 음식과 음료를 테이블로 가져다주는 일을 했다. 제공되는 음료에는 맥주, 주스, 탄산수뿐만 아니라 다양한 종류의 커피도 포함되어 있었다. 이곳에서 처음으로 커피 바bar와 커피머신을 보았다. 당시는 스타벅스 같은 커피 프랜차이즈가 유행처럼 번지던 시기였지만 그때만 해도 나는 커피에 관심이 없었다. 나는 보통 직접 보거나 겪었을 때 사물을 제대로 인식하는데, 커피를 만드는 모습을 가까운 거리에서 보자 호기심이 생겼다. 무엇보다 바 주변에서 벌어지는 역동적인 모습에 매료되었다. 커피를 주문하러 길게 늘어선 줄, 쌓여가는 주문서, 원두를 갈고 커피머신에 포터필터를 장착하여 커피를 추출하는 유려한 모습들에 시선을 떼기 힘들었다. 기계에서 위잉 하는 소리와 함께 적갈색 커피가 흰색 머그잔 내벽을 따라 흘러내리고 칙칙 스팀을 내뿜으면 뭉근한 김이 천장 조명을 향해 떠올랐다. 바리스타는 에스프레소를 담은 컵에 데운 우유를 아주 천천히, 크레마 위에 물감을 풀듯 그려 넣었다. 달그락거리는 소리와 함께 커피는 쟁반 위 소서에 올려졌다. 빠르지만 정확하고 섬세한 그들의 손놀림에 매료되었다. '커피를 해보고 싶다'는 마음이 처음으로 열린 순간이었다.

　　커피를 향한 마음은 금방 사그라지지 않았다. 무언가를 만드는 일은 음식을 나르는 일보다 '생산적'이라고 생각했다. 나는 같은 시간을 일한다는 전제로 더 많은 걸 배울 수 있는 걸 선호하는데, 그 일이 더 힘들고 어렵다 하더라도 더 많은 경험을 쌓을 수 있다면 흔쾌히 받아들인다. 내가 목격한 커피를 만드는 일은 배우고 써먹을 수 있는 능력을 키울 수 있었다. 그런 점에서 커피를 향한 마음은 저돌적이기까지 했다. 매니저에게 커피

26　　　　　　　작고 단단한 마음,

를 해보고 싶다는 의사를 전달했다. 그러나 "바리스타는 정직원만 할 수 있어요. 당신은 파트타이머니까 바리스타 일을 할 수 없어요"라는, 에스프레소 추출 속도만큼이나 빠른 답변을 받았다. 바리스타로 일하는 직원 중에 파트타이머가 한 명 있다는 사실을 알고 있었고 매니저도 그걸 모를 리 없었겠지만 더는 항변하지 않았다. 그의 대답은 분명히 'NO'였다. "파트타이머니까 그 일을 할 수 없어요"라는 말 뒤에는 내가 모르는 여러 이유가 있다고 생각했다. 기대가 꺾였지만 실망하지는 않았다. 오히려 '잘 되었다'라고 생각했다. 일자리를 하나 더 구할 구실이 생겼기 때문이다. 매니저의 거절은 커피를 향한 불같은 마음에 기름을 부었다. 그날 저녁부터 구인 사이트를 돌아다니며 아침 일찍 문을 열고 짧게 일할 수 있는 카페를 찾아 메일로 이력서와 자기소개서를 보냈다. 하지만 커피에 경험이 전무한 내 이력서는 채워지지 않은 경력의 공란만큼 나를 뽑을 이유도 없어 보였다. 번번이 "죄송합니다. 우리는 경력직을 뽑습니다"라는 답변만 돌아왔다. '죄송하면 그냥 뽑아주세요'라는 말이 턱 끝까지 차올랐다. 사람을 구하는 카페마다 이력서를 냈지만 매번 거절을 당하니 내가 사람인가 아닌가와 같은 허무맹랑한 질문만 떠올랐다. 어렵사리 면접이 잡혀도 돌아오는 답은 늘 마찬가지였다. "죄송합니다, 우린 경력직을 원해요."

이 정도쯤 오니까 커피를 해보고 싶은 마음이 간절했던 건지 자꾸 거절당하는 상황에 대한 반발심 때문이었는지는 모르겠으나 오기가 생겼다. 이력서를 낸 어느 가게로부터 면접을 보러 오라는 황금 같은 연락을 받았고, 이게 마지막이라는 심정으로 가게에 찾아갔다. 가게 사장 앞에서 면접이라기보다는 신세 한탄에 가까운 넋두리를 풀었다. 커피를 하고 싶은데 카페 대부분이 경력이 있는 직원을 원하니 열정은 많지만 커피를 모르는 신입인 나 같은 사람은 어디서 커피를 시작해야 하나, 어디서든 시작해야 경력을 쌓아 '경력직'이 될 것 아니겠느냐고 억울한 심정을 토로했다. "나를 뽑아준다면 후회하지 않게 만들어드리겠어요!"라는 근거 불충분한 말을 끝으로 면접을 끝냈다. 할 말은 다 했고 마음도 후련했다. 그날 저녁, 모짜르트에서 일하던 중에 합격했다는 문자를 받았다. 간절한 마음이 전달되었던 건지 당돌한 태도 덕분인 건지 채용의 이유를 물어보진 못했지만 합격의 부름을 받았고 그렇게 커피를 시작했다. 이때까지만

작고 단단한 마음,

해도 커피로 밥벌이하게 될 줄은 까마득히 모른 채.

몰입의 순간

새로 일을 시작한 카페는 신사동에 위치한 '카페 드 구띠에'라는 프랜차이즈 카페였다. 이곳에서 아침 8시 부터 오후 2시까지 일하고, 스케줄을 변경해 모짜르트 카페에서 오후 3시부터 저녁 11시까지 일하는 일상이 시작되었다. 하루 열네 시간씩 약 5개월 정도 근무했다. 카페 드 구띠에에서 나는 매장 문을 열고 청소하고 과 일을 손질하고 샌드위치 재료를 다듬고 점심 러시를 대 비하는 일을 했다. 그리고 오후 12시부터 2시까지 밀려 들어오는 러시 행렬을 쳐내면(전투를 치르듯 손님을 받는 걸 쳐낸다고 표현한다) 내 할 일은 끝난다. 커피 일을 해보 니 모짜르트 카페의 서버라는 직무와 비교했을 때 커피 를 만드는 바리스타가 더 즐겁다는 생각이 들었다. 서버 는 남이 준비해준 음식과 음료를 손님에게 전달한다. 손 님이 원하는 요구를 해결하고 테이블과 식기를 정리한 다. 바리스타는 오늘 나갈 커피를 세팅한다. 손님을 맞 이하고 커피를 내리고 뒷정리를 한다. 서버와 달리 바리 스타는 '일을 한다'는 느낌보다 '한바탕 놀고 간다'는 느낌을 강하게 받곤 했다. 한바탕 놀고 간다는 의미는 이렇다. 도심 속 출퇴근길에 만나는 러시아워는 극심한 차량 정체 현상을 말한다. 차량이 제 목적지에 도달하면 도로가 한적해지면서 러시아워가 끝난다. 러시아워라는 표현은 식당이나 카페에서도 쓰인다. 대략 12시부터 2시까지 점심시간에 손님이 몰려 극심한 손님 정체 현상을 빚는다. 손님이 많은 매장은 주문받는 캐셔와 음료를 만드는 바리스타 그리고 업무를 보조하는 서브로 나눠 체계를 갖춘다. 캐셔가 물밀듯 밀려오는 손님의 주문을 성실히 받으면 주문서는 쌓인다. 바리스타는 주문서에 적힌 메뉴에 따라 커피를 내리거나 차 또는 과일주스를 만든다. 메뉴가 복잡할수록, 주문서가 쌓여갈수록, 손님이 늘어날수록 신경은 예민해지고 집중력은 높아진다. 따뜻한 카페라떼 주문이 들어오면 바리스타는 포터필터에 원두를 일정량 담고 탬퍼로 원두를 고르게 다진 후 머신에 체결해 추출할 채비를 갖춘다. 동시에 옆 서브는 스팀 피처에 우유를 붓고 스팀에 들어갈 준비를 한다. 바리스타는 에스프레소 추출을 시작하고 정상 추출이라 판단되면 서브가 스팀 밸브를 열어 우유를 데운다. 추출이 끝나고 바리스타가 에스프레소의 상태를 확

작고 단단한 마음,

인한 후에 서브에게 전달하면 데워진 우유를 에스프레소에 부어 커피를 완성한다. 서브가 픽업 존에 커피를 올리고 주문하신 카페라떼 나왔습니다, 라고 외치면 손님은 커피를 찾아간다. 이런 식으로 동료들과 주거니 받거니 손발을 맞추며 수십 혹은 수백 잔의 커피를 만들어 미션 깨듯 주문서를 줄여나간다. 커피를 받아 든 손님들이 가게를 빠져나가 사무실로 복귀하면 매장은 다시 한산해지고 러시아워는 해제된다.

　　커피를 하는 하루를 통틀어 러시아워 시간은 내가 가장 좋아하는 시간이다. 컨디션이 엉망인 경우를 제외하고선 대개 몰입의 순간을 경험한다. 몰입의 순간이 오면 주변이 어두워지고 내 앞에 커피머신과 주문서만 보이는 상황을 맞이한다. 주문서의 수가 늘어날수록 몰입의 강도도 세진다. 몰입이 끝나면 해냈다는 성취감이 손끝에 진하게 남는다. 약 두 시간의 러시가 끝나면 심장이 뛰고 피가 돈다. 이때 분출된 아드레날린과 도파민은 힘껏 운동하고 난 뒤 상태와 비슷하다. 한바탕 논 것 같은데 돈까지 주다니. 좋아하는 일을 만나면 돈이 따라온다는 걸 처음으로 깨닫는 순간이었다. 한바탕 놀고 나면 학원 시간에 쫓기는 아이처럼 모짜르트로 일하러 갔다.

심장이 쿵쾅거리는 것이 힘들어서인지 아니면 이 일이 정말 좋아서인지는 시간을 두고 좀 더 지켜볼 필요가 있었다. 하지만 막연하게나마 이런 게 '좋아하는 일'이란 걸까? 나란 사람은 손으로 뭔가 만들어내는 일에서 성취를 얻는 걸까? 하는 여러 물음표가 생겼다. 다른 일에서는 경험해보지 못했던 몰입을 통해 무언가에 푹 빠져 시간 가는 줄 모르고 일하는 내 모습이 신기했다. 새로운 나의 면모를 발견한 순간이었다. 만약 이런 종류의 일을 내가 좋아하는 일이라고 여길 수 있다면 과연 나는 이 일을 잘할 수 있을까? 이 일을 직업으로 선택한다면 일을 통해 즐거움을 지속할 수 있을까?

그로부터 16년이 지난 지금도 커피를 내리는 일은 내가 좋아하는 일이라는 강한 확신을 갖는다. 지금도 커피를 내리는 기회가 주어지면 몰입을 경험한다. 좋아하는 일을 오래 하니 커피를 내리는 일은 내가 가장 잘할 수 있는 일이 되었다. 좋아하는 일을 찾은 행운을 누렸고 잘할 수 있는 일로 밥벌이를 하고 있으니 이만하면 남부럽지 않은 삶이다. 하지만 좋아하는 일을 찾았다고 좋아하기에 커피는 그리 만만한 업이 아니었다.

2장

가보지 않은 세계

커피를 그만두기로 결심했다. 커피를 배워서 내 가게를 해야지 하는 마음을 키워오던 내가 그 마음을 접게 된 건 아이러니하게도 예술의 전당에서 다시 일을 시작하고 나서였다. 해외 장기 체류를 끝내고 몬트리올에서 돌아와 학교에 복학해 두 학기를 다녔다. 4학년 2학기를 마치고, 졸업을 한 학기 남겨둔 채 한 번 더 휴학했다. (휴학도 중독이다.) 커피가 나에게 맞는 직업인지 확인할 필요가 있었고 나에게 1년간 원하는 것을 해볼 자유를 더 주고 싶었다. 나는 아직 스물일곱 살이었다. 1년 동안 커피를 깊게 들여다보고 싶었다. 운이 좋게도 예술의 전당에서 다시 일할 기회를 얻었다. 이번에는 서버가 아닌 바리스타였다. 그토록 원하던 경력직이 된 것이다.

커피 하는 즐거움

커피에 푹 빠져 1년을 보냈다. 예술의 전당은 한 가람 미술관과 디자인 미술관이 있는데 내가 운영을 맡은 카페는 디자인 미술관이 품고 있었다. 주중은 관람객이 붐비지 않아 커피에 집중하며 나갈 수 있었다. 반면에 주말과 공휴일은 다른 생각할 겨를 없이 손님을 치르느라 정신이 없었다. 공부하듯 생각하면서 커피를 만

작고 단단한 마음,

드는 일은 주중에 이뤄졌다.

　　당시에 내가 관심을 둔 건 에스프레소였고, 맛있게 커피를 내리기 위해 기계를 능숙하게 다루고 싶었다. 달라코르테 2그룹 에스프레소머신과 안핌 카이마노 그라인더를 1년간 다뤘다. 커피 맛을 결정하는 건 그라인더의 비중이 절대적이기 때문에 분쇄입도에 따라 맛의 뉘앙스가 어떻게 달라지는지 연구했다. 에스프레소가 추출 가능한 분쇄입도의 허용범위를 1부터 10까지 설정하고 그라인더 입도를 1에 맞춰 그에 따른 추출 시간과 도징(원두량) 그리고 탬핑 세기 등의 값을 달리하며 맛있는 커피가 나올 수 있는 조건을 따져봤다. 에스프레소머신은 높은 압력을 이용하여 추출하는 원리를 가진다. 보일러에서 밀어내는 높은 압력을 이겨내기 위해서는 포터필터에 담긴 커피 층도 저항값을 가져야 한다. 저항값이 클수록 원두가 압력에 견디는 힘이 커지고 그만큼 추출성분을 더 많이 뽑을 수 있다. 반대로 저항값이 작을 경우, 높은 압력은 얇은 커피 층을 뚫고 나오기 쉬워진다. 커피 성분이 줄어드는 이유다. 포터필터에 담는 원두량을 도징*dosing*이라 하고, 도징값에 따라 저항값도 달라진다. 보통 커피 한 잔에 사용하는 원두량은 18~21g 정도인데, 1g의 중량으로도 저항값을 크게 키울 수 있다. 원두를 포터필터에 담고 탬퍼로 다져주는 작업을 하면 저항값을 더 키울 수 있다. 추출 속도는 탬퍼로 원두를 다지는 강도로도 조절할 수 있다. 분쇄 입도의 허용범위를 1부터 10까지 변경해가면서 바뀌는 여러 변수를 살폈다. 석 달 정도 그라인더를 가지고 놀아보니 분쇄도는 사용하고 있는 원두에 맞는 가장 이상적인 분쇄 범위로 좁혀졌고 그 입도에 맞는 추출 시간과 도징양, 탬핑의 강도를 찾아냈다. 그라인더를 쓰는 데 어려움이 없어지자 관심사는 에스프레소머신으로 옮겨갔다. 보일러 온도와 압력은 고정값으로 두고 추출량을 변수로 두었다. 적게는 30ml 정도의 리스트레토부터 많게는 90ml 정도의 룽고까지 커피로 표현 가능한 맛의 범위를 찾았다. 물과 우유의 비율에 따라 가장 맛있는 추출량을 찾아냈다. 두어 달 정도 머신을 다루고 나니 에스프레소, 아메리카노, 카페라떼, 시럽이 들어간 커피에 따라 추출량을 각각 달리해서 커피를 뽑게 되었다. 지금 생각해보면 좀 지나친 추출 세팅이긴 하나 당시엔 그렇게 세분화하는 게 전혀 힘들지 않았다. 어떤 커피가 주문 들어와도 맛있다는 이야기를 듣고 싶은 욕심이 체력을 넘어선 시기

작고 단단한 마음,

였다. 그라인더와 에스프레소머신에 대한 감이 생기기 시작했고 기계를 다루는 일은 점차 쉬워졌다. 무엇보다 커피에 대한 자신감이 생겼다. 커피 맛을 보면 무엇이 부족하고 보완하기 위해 어떤 변수를 다뤄야 할지 방향을 잡을 수 있었다.

　예술의 전당에서 커피를 하면서 기대 이상으로 많은 경험을 쌓았다. 기계를 마음껏 다뤄 볼 수 있었던 환경은 큰 기회이자 공부였다. 무엇보다 유통기한 1년을 꽉 채워서 원두를 써본 경험은 그 시기에, 예술의 전당이었기에 가능했다고 생각한다. 지금은 집 밖 어느 카페를 가더라도 갓 볶은 원두로 신선한 커피를 내려주지만, 내가 커피를 시작할 때만 하더라도 자가 로스팅을 하는 카페가 많지 않았다. 예술의 전당은 이탈리아 일리 커피*Illy Coffee* 또는 독일 다비도프 커피*Davidoff Coffee*의 원두를 사용했는데 컨테이너로 한 번에 1년 치 물량을 들여왔다. 해외에서 갓 로스팅한 원두를 보내도 배로 바다를 건너오면 아무리 빨라도 두 달이 걸린다. 매장에선 로스팅한 지 3개월부터 12개월 사이의 원두를 주로 썼는데 그땐 그게 전혀 이상하지 않았다. 그걸 당연하게 여기던 시절이었으니까. 한번은 로스팅한 지 석 달밖에 안 된

'신선한' 원두로 커피를 만드는 귀한 경험도 했는데, 꾸덕꾸덕하게 떨어지는 크레마에 기쁨을 주체하지 못했던 기억이 생생하다. 원두의 가스가 빠지고 에이징의 시기를 거쳐 건조한 상태로 수개월에 놓일 때까지 커피를 길게 써본 경험은 아마도 다시 경험하지 못할 순간이지 않을까 싶다. 놀라운 건 그런 원두의 상태임에도 불구하고 커피가 맛있게 추출될 여지가 여전히 남아 있다는 사실이다. 원두의 에이징 상태에 따라 변숫값만 맞출 수 있다면 얼마든지 괜찮은 커피를 만들 수 있다. 원두의 유통기한이 1년이 가능한 이유를 체득했다.

　　예술의 전당에서 일하면서 얻은 것은 또 있다. 커피가 내게 어떤 의미인지 생각해볼 수 있는 시간을 제공했다. 계약된 전시가 종료되면 전시 손님이 빠지면서 매장은 한산해졌다. 다음 전시를 위해 전시기획자와 시공 담당자가 한데 모였다. 그들은 카페에 모여 회의를 했는데, 그때마다 나는 커피를 내려 자리에 가져다드렸다. 그들이 회의를 거듭할수록 전시가 조금씩 형태를 갖추며 완성되는 모습을 지켜봤다. 테이블 위엔 각종 도면과 서류가 펼쳐졌고 그 옆에 커피가 있었다. 다소 격한 감정이 공간에 차오를 때마다 사람들은 커피로 마음

　　　　　　　작고 단단한 마음,

을 가라앉혔다. 어떤 날은 결정해야 할 사안이 순조롭게 진행되는 날도 있었다. 그날도 테이블엔 커피가 있었다. 전시가 완성되는 과정을 바라보며 그들의 회의에 참석하지 않았지만 참석한 것 같은 느낌이 들었다. 회의가 좋은 결과를 맺는 데 일조한 듯한 느낌이었다. 커피는 대화의 분위기를 말랑하게 하기도 하고 그들의 의식을 또렷하게 하기도 하면서 전시의 결과를 만들어나가는 데 도움을 주는 것 같았다. 커피는 단순한 음료라 생각했는데, 그 너머에 있는, 커피가 갖는 효용의 가치를 처음으로 생각해본 날이었다. 수많은 예술가가 커피와 함께한 날들을 기억한다. 그 순간은 낱말로, 음표로 때론 세심한 붓질로 표현되어 작품으로 남겨졌다. 작품은 우리 가슴에 영감을 불어넣는다. 영감은 우리 몸 어딘가에 맴돌다 우리가 만드는 새로운 작품에 녹아 세상에 탄생한다. 그렇게 나온 작품이 또 다른 사람들에게 영감을 주는 선순환이야말로 내가 커피를 통해 보고 싶은 그림이었다.

디자인 미술관의 주말 분위기는 주중과 사뭇 달랐다. 오픈 전부터 전시를 보러 사람들이 몰렸고 덩달아 매장도 바빠졌다. 커피 세팅을 잡을 여유도 없이 개점과 동시에 손님을 치렀다. 손님이 좀 빠지면 커피 맛을 보겠다는 생각은 욕심이었다. 그럼에도 불구하고 틈과 틈 사이에 작은 주문의 공백이 생기면 커피를 꼭 확인하고 세팅을 맞춰 나가려 노력했다. 그래도 주말과 공휴일엔 예술의 전당 측에서 직원 한 명을 더 지원해줘서 커피에 좀 더 집중할 수 있었다. 예술의 전당에서 일하는 바리스타와 함께 일하며 습득한 커피에 대한 지식을 나누는 건 일하는 큰 즐거움 중 하나였다. 커피 때문에 이곳에서 일하고 커피로 더 큰 꿈을 꾸는 사람들과 함께 일하는 것만으로도 가슴이 벅찼다. 커피로 이야기 나눌 사람이 많아 행복했다. 개점부터 마감까지 화장실 갈 틈만 제외하고 쉴 틈 없이 일했다. 하루에 수백 잔의 커피를 내려도 지치기는커녕 매 순간이 즐거웠다. 이런 마음으로 매일 커피를 할 수만 있다면 얼마나 좋을까 생각했다.

헤어질 결심

전시가 한창일 때, 눈코 뜰 새 없이 바쁠 때는 커피를 해야겠다고 마음이 기울었다. 그러나 전시가 끝나면 그 마음은 하지 말아야겠다는 마음으로 다시 기울었다. 공연이 끝나고 난 뒤 찾아오는 공허함처럼 전시가 끝나면 커피를 앞다퉈 주문했던 사람들은 썰물처럼 빠졌

작고 단단한 마음,

다. 미술관에는 전시를 철거하는 사람과 텅 빈 테이블, 의자만 덩그러니 남았다. 철거가 끝나고 다음 전시를 준비하는 2주는 그야말로 시간과의 싸움이었다. 커피 세팅을 아무리 맛있게 잡아도 손님은 오지 않았다. 그런 날을 빈번하게 보내면 미뤄왔던 생각들이 점심 손님처럼 방문했다. 전시가 있는 날은 늘 손님이 북적이는 이상적인 세상이었고 전시가 없는 날은 손님의 공백이 있는 현실의 세상이었다. 예술의 전당은 온실의 공간이자 이상적인 세상이었고 예술의 전당 밖은 야생이자 현실이었다.

수많은 가게가 온실 밖 야생에서 경쟁하며 살아남으려 하고 있다. 과연 나는 거친 세상에 뛰어들어 그들과 경쟁하며 살아남을 수 있을까. 전시가 없는 세상, 내가 그 세계에서 버틸 수 있을까. 무엇보다 현실적인 질감을 체감한 건 가게를 하기 위해 어떻게 자금을 마련할 것인가와 같은 질문을 하면서부터다. 당시 바리스타 급여는 150만 원에도 미치지 못했다. 한 달에 급여의 3분의 2인 100만 원씩 저축한다고 해도 1년에 1,200만 원, 10년을 족히 모아야 1억에 가까운 자금을 모을 수 있었다. 이런 급여로 가게를 차린다는 건 너무 어려운 일이라고 느껴졌다. 물론 대출을 받고 방법을 찾으면 못 할 것도 없겠지만 워낙 남의 손을 빌리는 걸 끔찍이도 싫어해 오로지 내 능력 범위 안에서 가게를 해야 한다는 기준이 앞서 결국 현실에 굴복당하고 말았다. 학교로 돌아가 전공을 살려 졸업을 먼저 하기로 결심했다. 급여를 많이 주는 회사에 취직해 돈을 모아 훗날 가게를 하자고 현실과 타협했다. 그렇게 1년간 이상과 현실을 갈라놓고 두 세계를 넘나들었다. 팽팽했던 두 세계는 시간이 갈수록 한쪽으로 기울었다. 복학할 시간이 다가오자 슬슬 커피가 지겨워지기도 했고 이런저런 이유를 붙여가며 커피와 멀어질 구실을 찾았다. 뜨겁게 불태우던 커피를 향한 사랑은 차갑게 식어버린 잿더미가 되었다.

흔들리지 않고 피는 꽃은 없다

꿈같았던 1년의 휴학을 마치고 학교로 돌아와 마지막 남은 졸업 학기를 보냈다. 졸업을 앞둔 졸업생은 지도교수에게 진로상담을 필수로 받아야 했다. 한 번도 만나본 적 없는 지도교수와의 면담이라, 통과의례라 생각하고 별생각 없이 교수실 문을 두드렸다. 지도교수는 면담일지를 펼치고는 학교를 졸업하고 대학원에 진학할 건지 취업할 건지 건조하게 물었다. 전공엔 뜻이 없

작고 단단한 마음,

으니 대학원 진학은 어려울 것 같고 일단 취업을 생각하고 있다고 했다. 그리고 무슨 생각이었는지 모르지만 10년 뒤쯤 커피가게를 하고 싶다고 남몰래 키우던 꿈을 실토했다. 전공은 공부할수록 나와 맞지 않는다는 사실만 확인할 뿐이었다. 학교생활을 다시 하면서 가장 기쁘게 공부했던 건 오히려 비전공 분야의 과목들이었다. 듣고 싶었던 과목은 인기가 없더라도 교양과목으로 신청해서 들었다. 가령 경제학원론이나 오페라의 이해와 같은 평소 관심사와 대척점에 있던 과목에도 관심을 두었다. 학교생활을 하면서 전공에서 멀어질수록 호기심의 영역도 넓어졌고, 내가 무엇에 관심이 있는지 더 잘 알게 되었다. 그 관심이 커피에 있다는 걸 알게 되고 커피에 푹 빠져 시간을 보내기도 해봤지만 현실적으로 쉽지 않다는 사실만 깨달았다. 커피를 하려면 돈이 있어야 한다는 뼈아픈 현실을 받아들여야 했다. 일단 회사에 들어가 돈을 벌고 그 돈으로 나중에 커피가게를 하겠다는 은밀한 계획을 지도교수에게 털어놓았다.

지도교수는 찬찬히 내 이야기를 듣고는 안경을 고쳐 쓰며 한 마디를 건넸다. "꿈을 위해 원하지 않는 일을 하며 10년을 보낸다면 그 잃어버린 10년은 누가 보상해

줄까요? 하고 싶은 일이 있다면 그 일과 관련된 분야에서 몸담고 있어야 합니다. 돈보다 더 중요한 건 경험이니까요." 지도교수의 말은 잔잔한 호수에 큰 돌덩이를 던진 것처럼 내 마음에 큰 파문을 일으켰다. 가슴이 뛰고 식은땀이 흘렀다. 망치로 세게 얻어맞은 그날 이후로 마음이 어지러웠다. 갈피를 잡지 못하는 날이 지속되었고 내 마음의 방향을 잡아줄 나침반이 필요했다. 세상엔 나처럼 방황하는 사람들로 넘쳐날 것이고 나보다 먼저 나침반을 찾아 앞서간 사람들도 많을 거라 생각했다. 그들의 생생한 조언이 필요했다. 그것이 내 믿음을 확신으로 바꿔줄 거라고 생각했다. 방황을 끝낸 사람들, 자기 일을 선택하고 그곳에서 성취를 맛본 사람들의 이야기가 필요했다. 책 속에 답이 있다고 생각했다. 그날 이후로 도서관에 처박혀 닥치는 대로 책을 읽었다. 머릿속에 떠다니는 질문의 답을 찾기 위해, 내 마음이 향하는 것의 근거를 찾기 위해 수개월을 헤맸다. 내가 들춰본 수백 권의 책들이 외치는 단 하나의 메시지는 결국 무언가를 이룬 사람들은 '원하는 일을 했다'는 단순한 진리였다. 그들과 내가 다른 유일한 한 가지는 그들은 생각을 실천했고 나는 생각에 머물렀다는 점이다. 답을 발견한 이

작고 단단한 마음,

후부터 하지 말아야 할 이유보다 해야 할 이유를 찾기 시작했다. 내가 찾아낸 몇 안 되는 이유는 생각을 행동으로 옮길 수 있는 용기를 제공했다. 하얗게 다 타버린 줄 알았던 잿더미에 불씨가 여전히 남아 있었다.

학교를 졸업하기까지 약 10년이란 시간이 걸렸다. 그 사이 두 개의 학위를 취득했고 두 번의 휴학을 했다. 여행과 일을 통해 경험을 쌓았다. 경험이 낳은 지혜는 내가 좋아하는 것과 잘하는 것이 무엇인지 분별하는 눈을 갖게 해주었다. 가진 것과 갖지 못한 것 사이에서 가진 것을 활용하는 법을 깨우쳐줬다. 흔들리지 않고 피는 꽃은 없듯 내가 가고 싶은 길을 찾기까지 수도 없이 많은 갈림길을 마주했다. 갈림길에서 어떤 선택을 하든 그 선택의 결과가 나를 만들었다. 선택했으면 후회가 남지 않도록 최선을 다했다. 진로를 찾아 떠난 여정도 남들이 선망하는 좋은 일자리와 높은 봉급을 받을 수 있는 길을 찾아간 것이었다. 그러다 커피를 만났고 커피는 서둘러 걷던 발걸음을 멈추게 했다. 가던 길과 가보고 싶은 길을 사이에 두고 두 길의 끝을 바라보았다. 두 길 양 끝엔 겹겹이 쌓인 끝을 알 수 없는 높은 산맥만이 펼쳐져 있었다. 산맥 너머에 목적지가 있음을 예상할 뿐이다. 네가 어떤 길을 선택하더라도 넘어야 할 산이 있다고 길은 말하고 있었다. 두 길 모두 험난한 여행이 예상된다면 기왕이면 행복한 감정을 한 번이라도 느껴본 길을 선택하고 싶었다. 내가 느낀 행복한 감정은 종착지가 아닌 여행 과정에서 느낀 감정이기 때문이다. 여행의 목적은 끝이 아닌 과정에 있으니까. 지금까지 해온 공부와 어렵게 쌓아온 것들을 남겨두고 새로운 것을 시작한다는 건 무모하게 여겨질 수 있겠지만, 살아온 날들보다 살아갈 날들을 위해 주어진 시간을 쓰는 것이 더 현명하다고 생각했다. 그리고 남들이 가는 거대한 흐름에 휩쓸려 원하지 않는 곳에 도달하기보다는 내게 주어진 삶을 생각대로, 주도적으로 살아보고 싶었다. 남들이 원하는 삶을 살 것이냐, 내가 원하는 삶을 살 것이냐는 질문에 후자에 답을 단 셈이다. 커피를 업으로 삼기로 했고 대학교를 졸업했다. 그 후 나는 프랜차이즈 회사가 운영 중인 커피직영점에 입사했고 연봉 1,900만 원에 가까운 근로계약서에 서명했다. 머지않아 학교 동기들이 대기업에 취업했다는 소식이 바람결에 들려왔다.

장점은 단점이 되고 단점은 장점이 되기도

작고 단단한 마음,

프랜차이즈 회사에 몸담은 1년 6개월 동안 매장을 관리하는 매니저를 거쳐 직영점과 가맹점을 돌보는 슈퍼바이저로 일했다. 매니저로 근무할 때는 매장이 잘 운영되고 있는지 살폈고 본사로 발령받아 슈퍼바이저로 근무를 시작하면서부터는 커피 시장을 분석하는 데 시간을 썼다. 경쟁이 난무하는 프랜차이즈 시장 환경에서 살아남기 위해 발버둥 쳐본 경험은 커피 시장을 바라보는 '시선'을 갖게 해주었다. 전 세계 커피 문화에서 대한민국이 어디쯤 있고 또 어디로 흘러가고 있는지를 생생히 바라볼 수 있었다. 관리직으로 자리를 옮기면서 커피를 내리는 날보다 책상에 앉는 날이 더 많아졌다. 커피를 숫자로 치환하고 분석하고 보고서를 만드는 날의 반복이었다. 숫자와 보고서는 커피를 객관적으로 보게 했다. 커피를 비즈니스로 바라보는 사람들이 원하는 그림을 그리기 위해 어떻게 전략을 짜는지 가까이서 볼 수 있었다. 그리고 그 전략을 성공시키기 위해 방법을 찾는 사람들과 함께 일해본 경험은 소중한 시간으로 남았다.

　　본사에서 근무하면서 보고서를 많이 만들었다. 보고서를 만드는 데 들어가는 시간과 품이 많아 처음엔 적응하느라 진땀을 뺐다. 전공이 전기전자라 수학 문제나 풀어봤지, 대학 생활의 필수로 여겨지는 발표수업이나 파워포인트 작성 같은 일은 해본 경험이 없었다. 사무업무를 하기 시작하면서 엑셀을 처음 다뤘다. 작은 네모 칸에 숫자나 글자를 적는 것부터 시작해 회사를 그만둘 때쯤엔 웬만한 자료는 만들 수 있게 되었다. 관리직에 있어 커피를 직접 내리지 못하는 게 불만이긴 했지만 이때 배운 사무업무가 훗날 큰 도움이 될 줄은 미처 몰랐다. 회사생활을 하면서 얻은 가장 큰 수확은 회사가 하고 싶은 커피와 내가 발견한, 내가 해보고 싶은 커피의 간극이 좀처럼 좁혀질 수 없는 평행선 같다는 걸 깨닫게 된 것이다. 그것을 깨닫는 데까지 시간이 필요했고 회사를 그만둔 가장 큰 이유가 되었다. 프랜차이즈는 거대한 커피 문화를 주도했고 그 흐름 너머로 새로운 물결이 흐르고 있는 걸 발견했다. 내가 가야 할 길임을 직감했다. 경쟁이 치열한 레드 오션 속에서도 작은 틈새시장은 존재했다. 해당 분야에 몸담고 있으니 비로소 보이는 것들이 있었다. 하고 싶은 일이 있다면 그 일과 관련된 분야에서 몸담고 있어야 한다는 지도교수의 말뜻을 몸소 느낀 순간이었다. 이는 커피 제3의 물결이란 이름을 가진 새로운 커피 시장이 열리고 있음을 알리는 신호였다. 전

작고 단단한 마음,

세계적인 유행의 시작이었다.

나는 여럿이 모여 있는 공간보다 혼자 있는 공간을 좋아한다. 남들과 어울리는 게 어렵진 않지만 혼자서 무언가를 할 때 충족감을 얻는다. 회사를 그만둬야겠다고 마음먹은 데에는 여러 이유가 있지만 성격 혹은 기질도 크게 작용했다. 조직에서 일할 때 일보다는 사람과의 관계에 더 많은 에너지를 소비했다. 회사는 마음 둘 곳 없는 내 상황을 이해하고 배려할 정도로 다정하지 않았고 나는 회사를 그만두기로 했다. 만약 내가 사회에 적응을 잘하는 성격이었다면, 현실에 만족하는 성격이었다면 아마도 회사에 남았을지도 모른다. 그랬다면 창업해야겠다는 생각도, 매뉴팩트를 만들 생각도 하지 못했을 것이다. 장점은 단점이 되고 단점은 장점이 되기도 한다는 걸 알게 되었다. 지금에야 돌이켜보면 회사에서 견디기 힘들었던 순간들이 마냥 괴롭고 쓰기만 한 건 아니었다. 그때 숱한 허들을 넘으면서 남긴 경험들이 지금의 매뉴팩트를 만드는 데 큰 도움이 되었기 때문이다. 쓴맛이 있어야 단맛이 얼마나 달콤한지 알 수 있고 쓴맛이 없이는 단맛도 의미가 없다. 내가 겪어온 경험의 파편은 몸과 정신 어딘가에 떠돌다 제 쓰임을 다하는 순간을 만나게 된다고 생각한다. 불필요해 보이는 경험도 다 쓸모를 찾아주었다. 그러다 보니 주어진 일을 긍정적으로 받아들이는 사고 체계가 정립되었다. 매사에 긍정적으로 최선을 다하자는 좌우명 덕을 지금도 보고 있다.

커피를 할 거예요

집안에 사업으로 성공을 이룬 사람도 없고 부모님 두 분이야 직장에서 봉급을 받아 알뜰하게 저축하는 길만이 최고의 미덕으로 알고 계시는 분들이기 때문에 두 아들이 가게를 한다는 선포는 마른하늘에 날벼락 같았을 것 같다. 나는 부모님 말씀을 잘 안 듣는 아들이었다. 말을 안 듣는다고 해서 말썽을 피우거나 사고를 치는 아이를 말하는 건 아니다. 다른 건 모르겠지만 유년 시절부터 학업과 진로에 관해선 스스로 뜻을 세우고 실행해 왔다. 선택하고 결과에 책임을 지는 습관이 어려서부터 형성되다 보니 무언가 하기로 마음먹은 일에는 고집이 세 남의 말을 잘 듣지 않는 성격으로 굳어졌다. 전문대를 졸업하고 취업 대신 편입했고 어렵게 들어간 대학을 두 번 휴학했다. 가까스로 졸업은 했지만 졸업장에 적힌 학부와 전공은 내가 갈 길이 아니다 싶어 취업하지

작고 단단한 마음,

않겠다고 부모님께 선언했다. 힘들게 학비 마련해서 뒷바라지했더니 고작 듣는 소리가 취업 안 한다는 소리라니, 이제 취업하면 생활이 좀 나아지려나 싶었는데, 하는 피할 수 없을 어머니의 푸념이 귓가에 맴돌았다. "커피를 할 거예요"라는 짧은 대답에 "알아서 해"라는 짧고 묵묵한 답이 돌아왔다. 어려서부터 부모님은 형과 내가 하는 일에 관해선 이래라저래라 하지 않으셨다. 공부를 안 해도 공부하란 소리 한번 없었고 무엇을 하던 묵묵히 지지해주셨다. 그런 부모님의 성격을 알기에 내 마음 가는 대로 '선결정 후통보'를 했는지도 모른다. 아니면 부모님도 말을 잘 안 듣는 내 성격을 알아 말해도 소용없을 거라는 사실에 빠르게 수긍했는지도 모른다.

호기롭게 커피를 하겠다고 으름장을 놓고 들어간 회사에서 2년을 못 채우고 퇴사 소식을 부모님께 전했다. 그리고 형과 가게를 하겠다고 선언했다. 어머니는 퇴사 소식에 놀랐고 가게를 하겠다는 말에 기가 차 했다. 일평생을 직장생활만 해오신 부모님 아래서 자란 형과 나는 장사란 특별한 재주를 가진 사람이 하는 업이라는 인식을 자연스레 습득하며 자랐다. 내 생계를 이어갈 방식도 봉급 받는 일을 통해서였지 내 가게를 꾸려나가겠다는 생각은 한 번도 가져본 적 없었다. 그러던 내가 커피를 만났고, 사업을 한다는 건 어떤 걸까, 혹은 내가 가게를 운영할 수 있을까 하는 신기루 같은 생각을 하기 시작했다. 커피는 전문업이고 사업은 노력한 만큼 대가가 따른다. 하면 할수록 실력이 늘고 평생을 해도 질리지 않을 일을 직업으로 삼고 싶었다. 가늠이 되지 않을 정도로 커피의 영역이 깊고 넓다는 사실은 커피를 평생에 걸쳐 이루고 싶은 업으로 삼기에 충분히 매력적으로 다가왔다. 또 선택한 것에 책임을 지길 좋아하는 성격과 경험이 최고의 자산이라고 생각하는 믿음을 가진 나는 사업이라는 모험적인 성격에 끌렸다.

각자의 세상이 우리가 되는 순간

형과 나는 둘 다 커피 분야에 몸 담고 있었다. 형은 커피 교육과 원두를 납품하는 회사에서 교육과 로스팅 업무를 담당했다. 프랜차이즈 회사에서 근무했던 나는 매장을 관리하고 숫자를 들여다보는 일을 했다. 같은 커피를 하지만 다른 분야에서 일하는 우리는 밤마다 집 주방 식탁에서 만나 서로의 이야기를 풀어냈다. 형에게 커피를 교육하면서 있었던 일이나 원두를 볶는 과정

작고 단단한 마음,

과 같은 이야기를 듣는 건 내가 가보지 않은 세계였다. 반대로 매장을 체계적으로 관리하고 운영하면서 생기는 에피소드는 형에게 새로운 세상이었다. 우린 각자의 세상을 살고 가보지 않은 세계를 상상하며 수많은 밤을 보냈다. 어느 날인가 문득, 내가 사는 세상과 형이 사는 세상이 만나는 상상을 하기 시작했다. 형이 콩을 볶고 내가 매장을 운영하는 모습은 상상만으로도 설레었다. 아주 멋진 그림이었다. 우리가 원하는 커피를 마음껏 할 수 있다는 상상은 새벽 동이 틀 때까지 멈출 줄 모르고 계속되었다. 간절히 원하면 이루어진다고 했던가, 형이 회사를 그만두고 얼마 뒤 나도 회사에 사직서를 냈다. 때가 온 것처럼 보였고 우리 가게를 만들기로 했다. 회사 이름은 고민 끝에 매뉴팩트 커피라고 지었다.

편입을 준비하면서 영어를 꽤 깊게 공부했는데 그중 영단어는 말도 못 할 정도로 많이 외웠다. 실제 말로도 다 못 할 정도의 양이다. 원어민도 쓰지 않을 단어를 매일 외웠는데 편입시험을 위해 필요한 과정이었다. 단어를 빨리 외우려면 나름 전략이 필요했다. 어근과 어미를 따로 공부하는 것이었다. 영어도 한자처럼 뜯어 보면 단어와 단어가 만나 하나의 뜻을 이룬다. 가령 한자어 수풀 림林은 나무 목 두 개가 붙어 만들어진 한자다. 나무 두 개가 모여 숲을 이룬다는 뜻이다. 영어 company의 어근인 'com'은 함께*together*란 뜻이고 어미인 'pany'는 빵*pan*이란 뜻으로 함께 빵을 나눠 먹는 동료를 의미한다. manufacture는 제조업이란 뜻의 영단어인데 'manos'와 'factum'이라는 라틴어의 합성어로, '손'과 '사실'이라는 뜻이다. 어려서부터 내가 봐온 형은 손재주가 뛰어난 사람이고 나도 손으로 하는 일에 흥미를 느끼는 편이어서 우리의 성향을 드러내는 이름으로 짓고 싶었다. 애초에 카페보단 제조업을 할 생각이었고 제조업이란 영단어를 가만히 들여다보니 손과 사실이란 두 개의 뜻이 나왔다. 커피라는 도구를 사용해 형과 나의 손으로 만들어낸 결과물이라는 뜻으로 해석했다. 회사 이름을 짓고 비전을 세우고 우리가 할 일을 적었다. 비전선언문을 파워포인트로 정리해 프레젠테이션을 준비했다. 부모님을 소파로 모시고 텔레비전에 PPT를 띄워 준비한 걸 발표했다. 형과 내가 나름 진지하게 가게를 준비하고 있으니 안심하길 바라는 마음이었다. 프레젠테이션을 끝마치고 난 뒤 부모님은 열심히 해보라는 말뿐이었다. 그저 열심히 해보라는 말에서 무한한 지지를 얻은 기분이었

작고 단단한 마음,

다. 희망찬 미래에 대한 이야기도, 사업이 잘 안되었을 때의 우려도 없이 딱 지금 시작하기에 적당한 온도의 말로 형과 나를 든든하게 지지해주었다.

해야 할 이유가 분명해지자 수중에 모인 돈으로 어떻게든 가게를 꾸려야겠다는 의지가 방법을 찾게끔 도왔다. 커피를 그만두려 했던 현실적인 이유는 내가 스스로 만든 한계였다. 어느 누구도 "커피를 하려면 돈이 있어야 한다"고 말한 적은 없었다. 사업자금을 모아보니 형과 내 수중엔 4,000만 원 정도가 있었다. 매뉴팩트를 창업하는 데 필요한 2.5kg짜리 하스가란티 로스터기 한 대를 중고장터에서 샀다. 황학동 중고시장에서 1그룹짜리 라 스칼라 에스프레소머신 한 대와 그라인더 한 대, 냉장고와 제빙기를 샀다. 가게 보증금을 치르고 생두를 조금 사고 나니 월세 서너 달쯤 버틸 수 있는 돈만 남았다. 인테리어를 업체에 맡길 돈이 없으니 우리가 테이블을 만들었고 벽돌을 쌓아 벽을 세웠다. 직접 제조실 유리를 끼우고 갈색 현관 철문에 흰색 페인트를 칠했다. 세상에 없던 듣도 보도 못한 인테리어가 탄생했고 이만하면 커피를 볶고 내릴 순 있겠다며 흡족해했다. 2013년 3월 9일 우리는 매뉴팩트 커피의 문을 열었다.

유별난 사람

우리는 세 살 터울이지만 형은 빠른 연생이어서 학년으론 4학년 차이다. 내가 중학교에 들어가면 형은 고등학생이었고 내가 고등학생일 때 형은 성인이 되었다. 3년이라는 나이 차는 형제라 하더라도 함께 무엇을 나누기엔 너무 먼 시간이었다. 함께 무엇을 했다고 말하기보단 각자 무엇을 했고 서로 그것을 바라보았다고 해야 맞을 것이다. 내가 바라본 어렸을 적 형의 모습은 나와는 너무 다른 유별난 구석이 있는 사람이었다. 동네마다 골목대장이 있다면, 어떤 놀이에서든 최고의 면모를 보여주는 게 골목대장의 자질이라면, 형은 골목대장이 맞았다. 형은 집에 없으면 놀이터에 있었다. 늘 동네 아이들과 술래잡기를 하곤 했는데 형이 술래가 되면 아이들은 얼굴이 하얘지도록 도망을 쳤다. 형은 도망치는 아이들을 모두 잡아냈고 봐주는 것 없이 최선을 다했다. 여럿이 모여 팽이치기를 할 때도 형 손에 팽이가 걸리기만 하면 중력이 무엇인지 모르는 듯 팽이는 계속 돌았다. 경기가 끝날 때까지 살아남아야 집에 들어오는 사람이었다. 팽이가 돌던 시멘트 바닥엔 팽이 심지로 깊게 팬 구멍이 허다하게 남았다. 집엔 철심이 뭉툭해진 쓸모

작고 단단한 마음,

를 잃은 88 올림픽 팽이와 끊어진 녹색 팽이 줄이 수두룩
했다. 땅거미가 진 채 어둑한 구석 한편에서 승부를 짓기
위해 묵묵히 팽이를 돌리는 모습을 보면 대장의 타이틀
을 방어하기란 여간 까다로운 게 아님을 확인시켰다.

　　　　　우리 집엔 동네 친구들이 많이 놀러 왔다. 이들 중
몇몇은 양손 무겁게 들고 온 상자를 형에게 맡겼고 때
가 되면 상자를 찾아갔다. 사람은 누구나 한 가지씩 재주
를 타고난다는데 형은 일찌감치 손재주를 발견했다. 형
은 프라모델, 미니카, BB 탄 모형소총 등을 즐겨 만들었
다. 조립식 모형들은 상자 안에 설명서가 동봉되어 있
어 설명서대로 따라가면 누구나 완성할 수 있었다. 위
탁받는다는 건 남과 다른 결과물을 만든다는 걸 의미했
다. 상자를 열면 모형의 부속품들은 플라스틱 틀에 고정
되어 봉투 안에 동봉되어 있다. 부속품을 플라스틱 틀에
서 떼어내면 부속품엔 붙들려 있던 플라스틱 일부가 까
슬하게 남는다. 보통 사람이라면 이 정도는 대수롭지 않
게 넘어갔겠지만 형은 니퍼나 손톱깎이로 말끔히 제거
하면서 작업했다. 때론 연립주택 공용마당엔 래커로 색
을 칠한 부속품들이 줄지어 건조되기도 했는데 위탁의
무게에 따라 옵션 사항도 달랐다. 그렇게 약속된 시간이

다가오면 의뢰인은 떨리는 손으로 완성품을 받아 갔다. 머지않아 그는 또 다른 의뢰인을 데려왔다. 재료가 같아도 엄마가 만들면 더 맛있는 요리가 탄생하는 것처럼 닿는 손길에 따라 다른 요리가 나온다. 정성이 차이를 만든다고 생각한다. 정성은 세세한 부분을 놓치지 않는 세밀함과 더 나은 결과물을 위한 집요함이다.

　　중고등학교를 거쳐 성인이 되면서 형이 가진 손재주는 컴퓨터를 다루는 일로 넘어갔다. 내가 기억하는 20대의 형의 단상은 컴퓨터 앞에 앉아 무언가를 작업하는 모습이다. 바느질하는 할머니 모습처럼 가장 많이 보아온 풍경이었다. 형은 관심이 가는 분야에 마음을 빼앗기면 그것을 본인 것으로 만들어야 직성이 풀리는 사람이다. 복잡하고 시간이 많이 필요한 분야도 차근차근 하나씩 흡수해가는데 시간은 언제나 형 편이었다. 컴퓨터와 인터넷은 지적인 갈증을 해소하기에 더할 나위 없이 훌륭한 도구였을 테다. 형의 취미는 카메라로 사진 찍는 것인데 취미의 영역이라기엔 너무 깊고 넓었다. 내가 보기엔 똑같아 보이는 카메라와 렌즈가 새로이 출시될 적마다 브랜드와 사양을 바꿔가면서 사진을 찍었다. 직접 사용해보면서 경험과 지식을 쌓아가는 걸 좋아했다. 시

　　　　　　　작고 단단한 마음,

중에 나온 웬만한 카메라 기종은 형 손을 거쳐갔을 것이다. 나와 다른 인간이 같은 공간에서 살고 있었다. 형은 사진을 촬영하고 오면 매번 포토샵 프로그램으로 보정했다. 그 많은 사진을 보정하며 홀로 포토샵 프로그램을 터득했다. 새로운 카메라가 나올수록, 사진을 찍을수록 포토샵 실력도 점점 늘었다. 호기심을 품은 한 영역에 대한 지적 탐구는 서서히 종점으로 다가갔고 이것은 곧 다른 영역에 대한 탐구의 시점을 의미했다. 어른이 되면서, 나는 나의 세상에서 형은 형의 세상에서 각자의 삶을 살던 우리가 커피로 만났다. 나의 세상 속 커피 이야기는 형에겐 한 번도 경험해보지 못한 미지의 영역이자 호기심의 세계였고 자연스럽게 커피는 형에게 스며들었다. 식탁에 앉아 커피로 지새운 수많은 밤은 나와 형이 꿈꾸는 커피의 세상을 점차 구체화했다. 우리 손으로 만든 커피를 세상에 내놓는 것. 우리 커피로 사람들이 행복한 순간을 맞이하는 것. 커피로 사람들과 사회에 도움을 주는 사람이 되는 것에서 우리가 만든 커피가 세상에 필요한 이유는 새벽녘 달밤만큼이나 선명했다.

조용한 동네 연희동

연희동을 알게 된 건 회사에서 슈퍼바이저로 근무할 당시 가맹점 출점을 위해 사전답사를 하면서다. 연희동이란 이름은 전직 대통령의 거처가 있는 곳으로 뉴스를 통해 간간이 이름을 들어왔을 뿐 한 번도 가본 적 없는 곳이었다. 연희동은 궁동산을 등지고 홍대와 신촌을 가까이 두고 지하철역과 15분 정도 떨어져 있다. 동네를 한 바퀴 둘러보니 궁동산을 방향으로 윗동네는 크고 작은 집들에서 사람들이 모여 살고 아랫동네에서는 상점이 오밀조밀 모여 있다. 연희동을 산책하면서 '대구떡집'을 지나 '목화이불'이라고 쓰여 있는 녹색 간판의 가게를 지나게 되었고 가게 안에는 이불을 보러 온 손님과 주인으로 보이는 할아버지가 이야기를 나누고 있었다. 사장님의 아내로 보이는 할머니는 노란 장판 바닥에 이불을 펼쳐놓고 돋보기 너머로 바늘에 실을 꿰고 있었다. 사뭇 그리운 풍경이었다.

내가 어렸을 적 우리 가족은 할머니와 함께 살았다. 내가 기억하는 할머니 모습은 늘 바느질하고 계시는 풍경이었다. 바느질 도구는 방 한구석에 잘 정돈되어 있었다. 할머니는 바느질할 때면 정해진 자리에 앉아 두 다리를 곧게 펴고 등과 허리를 세운 채 작업이 끝날 때까지 같은 자세를 유지했다. 따라 해보려고 해도 어려운 자세를 신기할 정도로 쉽게 유지했다. 바늘에 실을 꿰는 담당은 내 차지였다. 할머니는 눈이 침침하다며 그 일만큼은 내게 양보했다. 고사리 같은 손으로 개미 엉덩이만한 바늘구멍을 잡아 침 묻힌 실을 꿰어낼 때면 이 일이 세상을 구원할 듯 꼭 해내야 한다는 마음이 어린 나에게는 각별했다. 바늘에 실을 꿰어드리면 할머니로부터 내려오는 칭찬과 미소가 나를 기쁘게 했다. 할머니는 라면 봉지를 세로로 돌돌 말아 심지를 만들어 그 위에 두꺼운 실을 친친 감았다. 라면 한 봉지를 실로 마는 데는 보통 반나절 정도 걸렸다. 봉지 끝에 다른 봉지를 맞대어 실로 연결해 나가면서 원형의 둘레를 점차 키워나갔다. 할머니는 바구니도 만들고 주방에서 쓸 발판도 만들어 귀한 손님이 방문할 적마다 하나씩 손에 쥐어서 돌려보냈다. 이렇듯 할머니가 바느질하는 풍경이란 밥 먹듯이 보아온 풍경인데 계절이 겨울에서 봄으로 바뀌면 두꺼운 솜이불에 감싼 겉이불을 쪽가위로 잘라내 빨래하는 풍경도 포함된다. 빳빳하게 잘 말린 겉이불을 다시 솜이불에 꿰매 다시 만날 계절까지 농 속에 넣어뒀다. 계절마다 손이 가는 번거로운 일이라 요즘은 보기 힘든 광경이지만 할머니가 시집올 적에 가지고 온 이불이라 애지중지하며 그렇게 할머니와 한평생을 함께했다.

연희동은 이불집과 더불어 철물점, 미용실, 떡집, 정육점 같은 상점들이 가지런히 동네를 지키고 있었다. 연희동에 사는 사람들의 생활과 밀접한 물건을 파는 곳이 많았고 오래된 칼국숫집과 중국음식점엔 사람이 많았다. 저녁밥 지을 시간이 되면 불 꺼진 상점이 하나둘 늘고 어둠이 짙게 깔리면 동네는 침묵했다. 옛 정취를 가진 동네가 연희동 가까운 곳에 있었다. 동네가 고즈넉하니 마음에 쏙 들었다. 내가 성인이 될 때까지 나고 자란 곳은 봉천동으로 서울 남부에 위치해 있다. 산봉우리가 하늘에 닿는다는 뜻을 가질 정도로 언덕이 높고 그 언덕엔 나무만큼 집이 빽빽했다. 신림동에 위치한 서울대학교에서 봉천동으로 넘어가는 왕복 8차선의 큰길은 까치고개를 넘고 봉천사거리를 지나 봉천고개를 하나 더 넘으면 상도동을 만난다. 넓은 큰길 양 갈래로 크고 작은 도로와 골목이 뻗어나간다. 골목은 골목과 만나고 도로와 도로 사이엔 집들이 빼곡하다. 길은 사람이 밟고 지나간 자리에 생겼고 집은 길 주변에 생겼다. 자연엔 직선이 없는 것처럼 봉천동 골목길은 자연스러웠다. 나뭇잎

작고 단단한 마음,

을 빛으로 비춰보면 드러나는 실핏줄 같은 골목이었다. 동네가 오래될수록 집들의 모습은 각양각색이다. 동네엔 높게 세운 담장 너머로 마당엔 푸른 잔디가 깔린 2층짜리 단독주택도 있고 연립주택 또는 빌라들이 옆구리가 닿을 듯 모여 살았다. 서로 다른 생활의 형태가 모여 다양한 삶을 비추는 그런 동네였다. 매일 아이들은 집 앞 골목길로 쏟아져 나왔고 땅거미가 내려와 붉은 가로등에 불이 밝혀질 때까지 놀았다. 창문 너머로 아이를 부르는 누구 엄마의 목소리가 하나둘 들리기 시작하면 골목길을 차지하던 친구들은 아쉬움을 뒤로하며 집으로 향했다. 몇 차례 호명을 무시하고 놀이를 지속하면 호명은 "이놈의 자식, 빨리 안 들어와!"라는 호령으로 바뀌었다.

연희동에서 가게를 해야겠다고 마음이 기운 건 이성적인 이유보다는 감성과 추억에 의존했다고 볼 수 있다. '동양부동산'에 들러 "연희동에서 커피를 볶을 만한 장소가 있을까요?"라고 물었다. "물론 있지!"라는 힘찬 대답과 함께 부동산 사장님은 한적한 어느 골목길로 형과 나를 안내했다. 사장님은 페인트 색이 다 바랜 허름한 흰색 건물 앞에 섰다. 건물 기둥에 연희동 130-2번지라는 푯말이 보였다. 건물 앞 두 단의 계단 위로 먼지 덮인 갈색 철문이 굳게 닫혀 있었다. 사장님은 열쇠를 돌려 철문을 당겼다. 철문은 한 번에 열리지 않고 덜컹거리다 마지못해 출입을 허락했다. 철문엔 유리로 된 창문이 있는데 본래 있던 가게가 떠나면서 시트지를 뗀 글자 자국이 보였다. 피, 아, 노, 라고 쓰여 있었다. (훗날 이곳은 본래 피아노 학원이었다고 연희동 주민께 전해 들었다.) 현관문을 열자 2층으로 올라가는 가파른 층계가 어둑하게 보였다. 2층으로 올라가니 흰색 페인트로 깔끔하게 도색된 내부와 건물 양쪽 면을 두르고 있는 창문에서 채광이 들었다. 햇빛은 창문 모양을 바닥에 그렸다. 학교나 관공서 같은 제법 오래된 건물 바닥에 있는 테라초(일명 도끼다시)가 건물의 세월을 증명했다. 창문을 열어 바깥을 내려다보니 골목길에 사람들이 지나가고 맞은편 낮은 건물 위로 하늘이 보였다. 파란 햇살이 쏟아져 들어왔다. 어렸을 때 내가 살던 연립주택의 낡은 계단과 마음껏 뛰놀던 골목길, 고즈넉한 동네의 풍경이 침잠해 있던 기억을 수면 위로 떠오르게 했다. 이런 곳이라면 조용하게 커피를 내릴 수 있을 것 같았다. 동네가 조용하다는 말의 무게를 실감한 건 임대차계약서에 사인하고 얼마 지나지 않아서였다.

3장

한 가게를 키우려면
온 마을이 필요하다

아프리카 속담에 한 아이를 키우려면 온 마을이 필요하다는 말이 있다. 아이가 온전한 성인으로 자라기 위해선 가족의 돌봄뿐만 아니라 여러 도움과 손길이 필요하다는 뜻이다. 세상에 태어나 부모를 만나고 학교에서 선생님과 친구를 만나고 사회에서 동료를 만난다. 배우자를 만나고 자식을 만나고 사업을 할 경우 고객을 만난다. 사람이 모인 곳에서 사회가 만들어지고 사회에서 사람은 서로 영향을 주고받는다. 사람은 누구를 만나 시간을 보내느냐가 더없이 중요하다. 나도 인생의 큰 방향을 결정하는 여러 사람을 만났다. 우연한 만남이 계기를 만들기도 했고 어떤 만남은 또 다른 새로운 인연으로 이어지기도 했다. 사람과의 관계가 중요하다는 사실은 사업을 하면서 더 깊이 깨달았다. 그간 인연이 닿았던 손님들과 직원들이 떠올랐다. 그들과 쌓은 시간이 지금의 매뉴팩트를 만들었다고 해도 과언이 아니다.

관악산과 매뉴팩트 커피

K와는 2006년도 여름, 편입 학원에서 처음 만났다. K는 한국외국어대학교에서 재학 중이었고 아프리카어를 공부하고 있었다. 그는 정치외교학을 공부하고

작고 단단한 마음,

싶어 편입을 준비했다. 어느 날 K는 학원 수업을 듣고 나
오는 나를 불러 세웠다. 남색 보스턴 야구 모자를 깊게
눌러쓴 채로 "저기요. 공부를 함께 하고 싶어요. 스터디
에 끼워줄 수 있나요?" 그가 나직이 물었다. K는 나보다
세 살 아래다. 제 또래와는 남다른 용모와 분위기를 풍
겼다. 그의 묵직한 저음 때문이었을 수도, 무거운 분위
기 때문이었을 수도 있다. 함께 공부를 시작하면서 K를
알아가기 시작했다. K는 달변가다. 자신이 알고 있는 지
식을 다른 사람들에게 말하기를 좋아했다. 남에게 전해
들은 이야기도 마치 자기 이야기처럼 생생하게 전달하
는 능력이 탁월했다. K가 대화 테이블에 올려놓는 주제
를 보면 종교, 정치, 사회 그리고 역사 같은 묵직한 주제
가 많았다. 이런 주제는 나에겐 생소한, 관심 밖이었음
에도 불구하고 귀를 기울여 경청했던 기억이 새록새록
떠오른다. 그는 주제와 관련한 발언을 서슴지 않았는데
정치사회에 대한 통렬한 비판의 목소리를 낼 때면 나이
지긋한 친척 어르신이랑 대화하는 느낌을 지울 수 없었
다. 묵직한 저음은 그를 더 나이 들게 했다. K는 하고 싶
은 게 많은 청년이었다. 그리고 해야겠다고 마음에 품은
생각은 반드시 실천으로 옮겼다. 틈날 때마다 그와 나

누는 대화는 건조한 입시 생활에 단비 같은 즐거움이었다. 편입시험 끝에 나는 한양대학교에 붙었고 K는 원하는 학교에 들어가지 못했다. 그 이후 K와 간간이 만남을 이어갔지만 결국 각자의 생활에 쫓겨 연락은 뜸해졌고 머지않아 소식은 끊겼다.

나는 산을 좋아한다. 마음속 불순한 감정들이 더는 가라앉을 데 없어 차올라 넘칠 때, 복잡한 마음과 감정을 배설하고 싶을 때마다 산을 찾곤 했다. 다니던 회사 일로 마음이 어지럽던 차에 K에게 반가운 연락이 온 건 2012년 11월의 어느 날이었다. K의 전화를 받고 나는 무작정 관악산에서 보자 했다. 수년 만에 보는 얼굴인데도 산에 가자는 뜬금없는 내 요청을 그는 흔쾌히 받아들였다. 근황을 물으니 K는 편입에 낙방 후 학교생활에 전념했다고 했다. 본인이 가진 걸로 할 수 있는 게 무엇일지 고민한 끝에 교환학생을 신청해 아프리카로 떠났다. 아프리카에서 공부하던 중 한국에서 중고 의류를 수입해 현지에서 판매하는 상인을 만났고 그의 곁에서 무역 일을 배우기 시작했다. 그 만남은 K를 무역업의 세계로 인도했다. K는 학교를 졸업하고 본격적으로 무역업에 뛰어들었다. 관악산에서 만난 K는 사업 3년 차에 접어든

어엿한 사업가였다. K가 나에게 만남을 요청한 건 아프리카에서 생두를 가져오고 싶다는 이유였다. 현지에서 생두를 보낼 수 있으니 한국에서 생두를 살 바이어를 알아봐줄 수 있는지를 물었고, 나는 바이어를 수소문해보겠다고 대답했다.

　　　K는 정치외교학을 꿈꿨으나 중고 의류를 수출하는 사업가가 되었다. 나는 전자공학을 전공했으나 커피로 사업을 하고 있다. 편입시험 후 우린 서로 다른 길을 갔지만 나를 찾아가는 과정은 비슷했다. 과거의 실패가 현재의 실패를 담보하거나 과거의 성공이 현재의 성공을 담보하지 않는다. 시험은 성적으로 합격과 불합격을 나눌 순 있어도 성공과 실패로 나누지는 못한다. 내가 시험을 보는 이유는 시험을 준비하는 과정에서 얻게 되는 배움이 첫째이고 땀 흘린 결과를 수용하는 태도를 키우기 위해서가 둘째이다. 나는 시험에서 만족스럽지 못한 결과를 얻은 경우가 허다했고, 사업을 하면서도 결과가 좋았던 적보다 좋지 않았던 적이 더 많았다. 좋았던 건 좋았던 대로 안 좋았던 건 안 좋았던 대로 배웠다. 끝이 좋지 않았던 적이 더 많았음에도 불구하고 지금까지 올 수 있었던 걸 보면, 안 좋은 결과를 받아들이

고 더 좋은 상황을 만드는 데 에너지를 쏟았기 때문이 아닐까 싶다. 가까이서 보면 비극이지만 멀리서 보면 희극인 일이 실제로 일어나는 것이다.

K는 편입이라는 원하는 목표에는 도달하지 못했지만 그가 가장 잘할 수 있는 언어라는 도구로 새로운 길을 개척했다. 관악산 정상을 오르는 길에서 생두를 살 바이어를 소개해줄 수 있냐는 질문에 심장이 쿵쾅거렸다. 'K가 커피 생두를 가지고 올 수 있다면? 그 커피를 내가 볶으면 되지 않나?' 하는 앞뒤 잴 것 없는 무식한 생각이 걷잡을 수 없이 줄기를 올리기 시작했다. K가 던진 생두라는 씨앗이 내 마음에 닿아 발아할 것이라고는 예상하지 못했던 일이다. 관악산에서 K와 나눈 대화가 매뉴팩트를 만드는 단초를 제공한 셈이다. 산을 찾을 수밖에 없었던 이유가, 회사 일로 마음이 어지러웠던 이유가 현재에 만족하지 못하는 커피에 대한 갈증 탓은 아니었을까. 관악산을 다 내려왔을 즈음엔 마음에 얹혀 있던 체기가 사라졌다. 나중에 내 가게를 해야겠다는 마음은 시기를 앞당겼다.

K는 탄자니아와 케냐에서 사업을 펼치면서 그가 가진 비전을 실천했다. 물이 부족한 지역에 우물을 파주

작고 단단한 마음,

고 탄자니아로부터 얻은 이익 일부를 지역사회에 환원했다. 사업이 지역사회에 끼칠 수 있는 영향에 관해 처음 생각해보는 계기가 되었다. 사업은 사람들이 필요로하는 물건이나 서비스를 만들어 제공하는 일이다. 사람들은 물건과 서비스를 통해 새로운 사업을 펼쳐내는가하면 소비를 통해 즐거움과 행복을 얻는다. 사람들의 소비는 사업을 성장하게 만들고 사업은 더 나은 물건과 서비스를 생산한다. K를 통해 사업은 단지 나만을 위한 일이어서는 안 되고 내 일과 관련한 사람들의 삶에 긍정적인 영향을 끼쳐야 하며 그들의 삶을 더 나은 삶으로 만들 수 있어야 한다는 생각을 가지게 했다. 커피는 사람들에게 행복한 순간을 만들어준다. 그리고 나는 그런 커피를 만드는 사람이 되고 싶었다. K와 관악산에서 만나고 3개월 뒤, 매뉴팩트를 만들었다.

우연한 만남이 기회라는 인연으로

해가 지면 연희동 거리는 인적이 자취를 감춘다. 골목길을 밝히는 거리의 간판도 하나둘 어둠 속으로 사라진다. 매뉴팩트를 만들고 얼마 지나지 않은 어느 날, 어둑해진 저녁 시간에 층계참을 오르는 뚜벅한 발걸음

소리에 매장엔 긴장감이 돌았다. 사람의 기척을 알아챈 센서 등이 불을 밝혔고 손님 두 분이 유리문 앞에서 서성거렸다. 카키색 점퍼를 입고 파마머리를 한 호리한 체형의 남성분과 두터운 흰색 카디건을 입고 단발머리를 한 가녀린 여성분이 현관문을 사이에 두고 우리와 대치했다. 둘은 이곳이 카페인지 사무실인지 공방인지 단서를 찾는 형사처럼 실내를 살폈다. 가게를 열고 이런 비슷한 경우를 몇 번 목격했다. 내가 인사를 채 건네기도 전에 1층을 향해 도망치듯 달음박질하는 손님도 있었고, 하체는 현관문 바깥쪽에 두고 상체만 문틈 사이로 밀어넣어 이곳이 뭐 하는 곳인지 물어보는 손님도 있었다. 우리 가게는 사람들이 쉽게 들어오기 어려운 공간이었다. 파마머리 남성과 단발머리 여성은 신체 구분 없이 용감하게 문을 열고 들어왔다. 커플은 연희동에 이사 온 지 얼마 되지 않았고 여느 때처럼 저녁을 먹고 동네 산책을 하는데, '커피집 같은' 가게에 항상 불이 켜져 있어서 올라와봤다고 했다. 두 분은 창가에 가까운 소파 자리에 푹신하게 앉았다. 내가 만든 따뜻한 라떼 한 잔은 여성분께 드렸고 형은 핸드드립으로 갓 내린 따뜻한 에티오피아 코체레를 남성분께 드렸다. 커플은 서로의 상

작고 단단한 마음,

체를 기울여 테이블에 올려둔 지구본을 돌려보며 들릴 듯 말 듯한 음성으로 한참 동안 이야기를 주고받았다. "맛있게 잘 마셨어요. 또 올게요"라는 인사를 남기고 커플은 자리를 떠났고 잔은 말끔히 비어 있었다. 그날 이후로 커플은 매일 계단을 올라왔다. 자주 보는 사이가 되자 애칭도 생겼는데 남성분은 PD님으로, 여성분은 라떼님이라 불렀다. PD님과 라떼님은 연희동에 3년 정도 머물렀는데 연희동을 떠나기 전까지 매뉴팩트에 거의 매일 방문했다. 얼굴을 비추지 않는 날이면 무슨 일이 생긴 건가 싶어 걱정될 정도로 각별한 사이가 되었다.

하루는 가게 근처 인견 가게 사장님이 매장에 올라와서는 "연희동에서 3년만 버텨보세요. 그럼 동네 사람들에게 인정받을 수 있으니 잘해봐요"라고 조언했다. 가게를 차린 지 얼마 되지 않은 시점이라 그 말씀의 의미를 바로 알아차릴 수 없었다. 3년 정도 지내고 보니 연희동이란 동네를 어느 정도 알게 되었다. 연희동 골목 골목을 지키고 있는 오래된 가게들을 보면 연희동 사람들과 함께 살아온 가게들이 많았다. 대구떡집, 인견가게, 목화이불, 한우사랑정육점, 동양부동산, 연희칼국수, 사러가마트, 중식당 이품, 충남건재 등 가게는 연희동 사람들이 생활하면서 필요한 것들을 팔았고 연희동 사람들은 이 가게들을 사랑했다. 연희동은 자급자족하는 마을 같은 동네여서 주민들은 연희동 내에서 먹고사는 문제를 해결했다. 그건 우리 같은 자영업자가 힘든 시기를 버티게 하는 힘이 되었다. 비가 오나 눈이 오나 연희동 주민들은 꾸준히 방문해주었기 때문이다. 인견 가게 사장님이 말한 동네 사람에게 인정받는다는 건 까다로운 조건을 충족해야 한다는 의미였지만, 오히려 그 까다로움이 커피와 서비스의 질을 높이는 데 큰 도움이 되었다. 주민들로부터 사랑받고 있다고 느끼기 시작했다.

　　PD님과 라떼님은 이 어려운 3년의 시기를 버틸 수 있도록 격려와 응원을 아끼지 않으셨다. 그분들과 보낸 추억은 두고두고 꺼내 보고 싶은 사진첩 같은 순간이다. 매뉴팩트에서 에스프레소 블렌드를 만들기까지 1년 정도 연구와 테스트 기간을 거쳤는데 그동안 두 분과 참 많은 커피를 나눠 마셨다. 새로운 버전의 블렌드가 나올 때마다 두 분이 앉은 테이블 위에 커피를 슬쩍 올려드리면 미소를 한번 지어 보이시고는 커피를 달게 드셨다. 드리는 커피마다 후기도 아낌없이 남기셨다. 어느 날, 블렌드가 거의 완성되어 갈 무렵 PD님이 이번

　　　　　　작고 단단한 마음,

에스프레소에서는 커피다운 원색적인 향과 맛이 느껴진다며 머릿속에 폴 고갱의 그림이 떠오른다고 했다. 폴 고갱이 타히티로 떠나 그리기 시작했던, 원주민의 일상을 강렬한 색채로 담은 그림이었다. 형과 나는 커피다운 커피, 원초적이고 클래식한 커피를 만들고 싶었고 그 향미와 뉘앙스는 폴 고갱의 그림과 닮아 있었다. 우리가 만든 커피에 PD님이 떠올린 폴 고갱을 이름 붙여 우리의 첫 에스프레소 블렌딩이 만들어졌다. 그렇게 폴 고갱은 세상에 두 번 태어났다. PD님은 주로 우유가 들어간 따뜻한 라떼나 플랫화이트를 주문했다. 커피를 털어 넣듯 남은 한 방울까지 남김없이 드셨다. 때론 티스푼으로 우유 거품까지 말끔히 긁어 드시는 모습을 보곤 했는데 이것이야말로 커피를 사랑하는 사람의 전형이자 매뉴팩트에 대한 존중의 의미로 마음속 깊이 간직하고 있는 장면이다.

한번은 PD님이 매뉴팩트에 친구분과 함께 계단을 올라왔다. 우리가 정 대표님이라고 부르게 된 그 친구분은 매뉴팩트가 연희동에 생기기 직전에 연희동에서 제주도로 이사를 갔다. 정 대표님은 가게를 찬찬히 둘러보시곤 꼭 이사 가면 좋은 가게가 생긴다며 아쉬움

섞인 칭찬을 건넸다. 두 분은 모두 달변가여서 커피잔을 사이에 두고 대화를 시작하면 마르지 않는 샘물처럼 이야기가 흘렀다. 한참 대화를 나누다가 벌써 저녁 시간이 됐냐며 나가시고는 식사를 마치고 다시 올라와 남은 대화를 이어간 적도 있었다. 미술, 여행, 역사 등 주제를 망라하고 대화가 이어지곤 했는데 어깨 너머로 들리는 두 분의 대화가 어찌나 귀에 찰지게 들리던지 일손을 놓고 대화에 참여하고 싶은 충동을 억누르는 일이 새로운 업무가 될 정도였다. 조곤조곤한 대화 소리는 달그락거리는 커피잔 소리, 커피콩 가는 소리, 커피 내리는 소리와 섞여 공간을 가득 채웠다. 제주도에 사는 정 대표님은 서울에 사는 어떤 손님보다 매뉴팩트에 더 자주 얼굴을 비췄고, 그의 소개로 '퀸마마 마켓' 대표님과 인연이 닿아 매뉴팩트 역사에 빼놓을 수 없는 도산공원점을 열게 되었다. 우연한 만남이 인연이 되면 예측하지 못한 일들이 벌어진다.

가게를 열고 장사를 해보니 손님이 얼마나 소중한지 알게 되었다. 하루에 열 명 정도의 손님을 받으면 한 시간에 한 명꼴로 손님이 온다는 이야긴데, 어렵게 만난 손님을 그냥 돌려보낼 수 없었다. 손님이 주문한 커피를 자리로 드리고 바를 정리하고 있으면 형은 로스팅실에서 나와 막 로스팅을 마친 원두를 건넨다. 나는 핸드드립으로 커피를 내려 향과 맛을 테스트한다. 로스팅실로 막 내린 커피를 형에게 갖다주면 코를 킁킁대고 홀짝거리며 맛을 본다. 그리고 금방 볶아낸 새로운 커피를 내게 건넨다. 우리는 하루 대부분을 커피를 맛보며 보내기 때문에 커피는 차고 넘친다. 때마침 손님이 자리에 계시면 테스트로 내린 커피를 적당량 따라 드린다. 프로파일이 잘 잡힌, 향미가 좋은 커피를 발견하면 손님께 드리고 싶어 난리가 나는데 손님도 취향에 맞는 커피를 마시게 되면 또 난리가 난다. 그러면 나는 신바람이 나 다른 커피를 테스트하고 또 적당량 덜어 드린다. 이걸 서너 번 반복하면 나도 손님도 커피에 취한다. 커피를 좋아하는 사람들이 모이면 수다를 면할 길은 없고 커피에 취해 커피와 관련 없는 다양한 이야기까지 주고받다 보면 가랑비에 옷 젖듯 그렇게 친분이 쌓여갔다.

　　매뉴팩트는 골목에 있고 시선이 닿지 않는 2층에 있어 가게 근처를 지나다 기지개를 켜는 바람에 우연히 발견하는 경우가 아니고서야 손님이 가게를 발견할 일은 거의 없었다. 희박한 확률을 뚫고 가게에 들어오게 된 손님이라면 반드시 다시 오게 해야 했다. 그러기 위해선 우선 커피가 맛있어야 했고 손님은 가게에 들어올 때와는 다른 감정을 가지고 나가게 해야 했다. 손님이 있건 없건 커피 테스트는 계속되었고 손님들과 함께한 테스트도 계속되었다. 커피에 취해 매장을 나가는 손님이 점차 늘었다. 어느 날부터인가 손님은 다른 손님을 데리고 왔고 계단을 오르는 발걸음 소리도 제법 자주 들리기 시작했다. 사람은 가까운 사람에게 좋은 걸 주고 싶고 경험을 나누길 좋아한다. 매뉴팩트에 올라온 손님들은 경험을 나눴다.

구성원이 모인다는 것

매뉴팩트 인테리어를 처음 설계할 때 사각형 공간을 네 등분으로 나눠 시계방향으로 사무실, 제조실, 바, 손님 공간 순으로 공간을 분리했다. 공간마다 역할을 부여했고 손님 공간은 4분의 1 정도만 할애한 게 본점의 특징이다. 본점은 본래 커피 제조를 목적으로 만든 공간이기 때문에 애초에 손님 공간을 고려하지 않았다. 콩을 볶는 제조실과 커피를 테스트하는 바, 그리고 디자인 작업 혹은 서류 업무를 할 수 있는 사무공간을 우선 배치

작고 단단한 마음,

했다. 출입구 앞에 손님이 이용하는 공간은 본래 1인용 소파 두 개와 간이의자 몇 개만 있던 공간이었다. 우리는 원두를 구매하러 오는 손님께 커피를 한 잔씩 드렸다. 원두를 구매한다는 건 브랜드에 대한 신뢰를 의미했기에 감사의 의미를 담아 커피를 서비스로 드렸다(이 서비스는 여전히 진행 중이다). 잠시나마 커피를 드시고 갈 수 있도록 소파와 의자를 마련했다. 원두 구매뿐만 아니라 커피 맛을 보러 오는 손님이 생겨나면서 손님을 모실 자리가 부족해 6인용 커뮤널 테이블을 만들었고 벽과 바 앞쪽에 손님이 머물 수 있는 공간을 더 만들어 지금의 구조가 만들어졌다. 제조업을 중심으로 설계한 공간이다 보니 매뉴팩트 본점을 방문하는 손님들은 기존 카페와는 다른 인테리어에 당황하기도 했고 참신해하기도 했다. 손님 공간을 제외한 4분의 3은 매뉴팩트 구성원이 사용한다. 가게에서 가장 시간을 많이 보내는 사람은 작업자이니 일하는 사람의 환경을 우선하여 공간을 설계했다. 제품은 작업자가 만들고 작업자의 근무환경은 제품의 품질에 영향을 미치기 때문이다.

손님이 늘기 시작하니 나와 형만으론 손님을 맞이하기에 벅찬 날들이 생겨났다. 일손이 부족해지면서 마음이 조급해졌다. 조급한 마음이 커피 질을 높은 수준으로 유지하고 싶은 마음을 흔드는 게 싫었다. 바쁜 시간대에 주문이라도 받아줄 직원만 있어도 좋겠다는 생각이 넘치기 시작했다. 손님이 늘었지만 그렇다고 직원을 쓸 상황은 아니었다. 직원 없이 운영을 지속할 순 있겠으나 장기적으론 효율이 떨어지게 될 게 불 보듯 뻔했다. 가게 규모가 작을수록 채용은 쉽지 않은 결정이다. 직원 채용을 망설이는 가장 큰 이유는 급여에 대한 부담 때문이다. 직원을 뽑는다는 건 책임질 식구가 늘어난다는 의미다. 매달 급여를 주고 복지를 신경 쓰고 퇴직금도 따로 마련해두어야 한다. 당시 우리는 무역업을 하는 K와 사무실을 공유했다. 그는 앉을 자리만 있으면 어디서든 일할 수 있었기 때문에 매뉴팩트에서 업무를 보기로 한 것이다. K의 회사도 성장하고 있고 우리도 일손이 필요하게 되자 직원 채용에 대한 갈증이 생긴 K와 우리는 두 회사의 업무를 동시에 봐줄 직원을 채용하기로 결정했다. 궁하면 얻는다고 했던가, 마침 예전부터 커피를 함께해온 가까운 지인이 일을 도와준다고 해 그렇게 첫 직원이 생겼다. 직원은 두 회사의 업무를 봐야 했기 때문에 급여를 나눠 두 회사에서 지급받았다. 첫

작고 단단한 마음,

직원을 비교적 수월하게 채용할 수 있었던 이유는 급여에 대한 부담이 적었기 때문이다. 만약 K와 사무실을 공유하지 않았다면 직원을 채용하기까지 시간이 더 많이 필요했을지도 모른다. 직원이 생기자 주문을 받아주고 급할 땐 커피까지 내려주니 퀄리티와 서비스가 좋아졌고 삐걱대던 매장에 기름칠이라도 한 것처럼 운영에 도움이 되었다. 순환이 빨라지니 매출도 올랐다. 이후에 K가 광화문으로 사무실을 옮기면서 우리의 첫 직원은 매뉴팩트 커피의 정식 직원이 되었다. 직원이 매뉴팩트 업무에만 집중할 수 있는 환경이 되자 운영은 점차 순조로워졌다. 직원이 내 일을 거들어주면 나는 남는 시간에 새로운 업무를 진행할 수 있어서 좋았다. 매장과 고객에게 도움이 될 만한 일을 찾아 커피 품질과 서비스를 향상했다. 늘어난 손님으로 다시 일손이 부족해지면서 함께 일할 구성원들이 점차 늘어났다.

가게가 성장하고 직원이 늘어나자, 내 가게를 하면 커피만 할 수 있을 거라 품었던 희망은 연기처럼 사라졌다. 커피를 맛있게 볶고 내리는 건 본업이었고 커피를 시각적으로 표현하고 고객에게 알리는 일 그리고 세금과 관련한 일은 부업이었다. 본업에 충실하면 할수록,

본업을 더 잘하기 위해선 부업에도 적지 않은 시간과 공을 들여야 한다는 건 아무도 가르쳐주지 않은 사실이었다. 디자인, 마케팅 같은 외적인 업무와 더불어 커피를 볶고 내리고 응대하고 숫자를 들여다보는 일을 함께 처리해야 했다. 마치 커피는 종합예술인만 할 수 있는 업이라고 말하는 것 같았다. 그래도 구성원이 있으니 풀어야 할 문제를 나눌 수 있어서 좋았다. 구성원은 문제를 해결하는 데 절대적인 시간을 쓸 수 있기 때문에 결과적으로 좋은 해결책을 찾아냈다. 가게가 성장할수록 문제도 몸집을 불렸고 문제의 수가 늘어날수록 직원도 늘었다. 문제를 해결할수록 회사는 성장했다.

좋은 직원의 기준

가게를 열고 3개월 뒤에 미국으로 출장을 갔다. 미국 스페셜티커피를 주도하는 십여 개의 브랜드를 방문하여 커피를 마셔보고 현장을 오롯이 느꼈다. 내가 미국에서 체험하고 싶었던 건 세 가지였다. 첫째는 오너가 매장을 통해 보여주고 싶은 생각이 무엇인지, 둘째는 브랜드를 찾는 손님의 유형은 어떠한지, 셋째로 손님과 브랜드를 잇는 직원의 태도는 어떠한지를 보고 싶었다. 손님을 끄는 매력적인 브랜드는 오너의 철학을 녹인 독특한 콘셉트를 가졌다. '리추얼 커피 로스터스*Ritual Coffee Roasters*'와 '포배럴 커피*Four Barrel Coffee*'는 히피정신으로 무장했고 '인텔리젠시아 커피*Intelligentsia Coffee*'는 커피를 연구하는 사람들이 일하는 곳처럼 느껴졌다. '스텀프타운 커피 로스터스*Stumptown Coffee Roasters*'와 '하트 커피 로스터스*Heart Coffee Roasters*'는 로컬 중심의 커피 브랜드로 인식되었다. 내가 방문했던 매장의 손님들은 매장이 추구하는 콘셉트와 비슷한 결을 가진 사람들로 채워져 있음을 확인할 수 있었다. 바리스타는 커피를 내리고 손님들과 대화를 나누며 공간이 살아 숨 쉬게끔 조율했다. 내가 생각하는 이상적인 직원이란 오너를 대신해 '브랜드가 가진 철학과 커피를 고객에게 전달하는 사람'이라고 여기는데, 브랜드의 성패는 직원의 태도에 의해 결정된다고 믿는다.

　　해외와 국내를 막론하고 브랜딩이 잘된 매장을 가면 직원의 태도에 매료되는 순간을 만나곤 한다. 그럴 때면 한도를 초과한 카페인에 손이 떨려도 한 잔을 더 사 먹거나 내게 주어진 시간을 그 공간에서 더 할애하고 싶은 마음이 든다. 이런 경험들 때문인지 어떤 태도와 마음가짐으로 일하느냐는 직원을 채용하는 데 가장 중요한 기준이 된다. 바리스타로 근무한 경력이 얼마나 되는지, 이력이 얼마나 화려한지는 직원을 채용할 때 크게 고려하지 않는다. (적어도 나는 그렇다.) 함께 일해보기 전까진 태도와 마음가짐을 확인할 방법은 없다. 다만 직원의 태도가 어떠하겠다고 짐작할 수 있는 건 과거에 어떤 일을 했고, 어떤 경험을 쌓았는지를 묻고 그 일과 경험이 본인에게 무엇을 남겼는가 하는 답을 듣는 과정에서 확인했다. 그 속에서 삶을 마주하는 태도를 발견했다. 보통 삶을 긍정적이고 낙관적으로 받아들이는 사람을 선호하는데, 긍정적인 사람은 그렇지 않은 사람에 비해 어려움을 잘 극복하기 때문이다. 힘든 상황을 긍정하고 낙관하는 태도를 겸비한 직원은 비교적 오래 근무했다. 일은 가르칠 수 있지만 태도와 인성은 살아온 궤적으로 형성된 주름 같은 것이므로 바꿀 수 있는 성질이 아니다. 따라서 태도가 좋은 직원과 함께 일해보는 경험은 조직에서 일하면서 소중한 경험으로 기억될 수 있다. 브랜딩이 잘된 브랜드일수록 태도가 좋은 직원이 많고, 이는 브랜드와 직원의 결이 잘 맞는다고 할 수 있다.

　　　　　　　작고 단단한 마음,

조직이 움직이는 건 힘이 아닌 방향이다

직원 중에 8년을 근속 중인 C군이 있다. C군은 8년 전에 도산공원점에서 만난 손님이었다. 그는 채용되면서 앞으로 10년 동안 일하겠다는 각오를 다졌다. 내년 일도 모르는데 10년이라니, 1년이나 버티면 용하다고 웃어넘겼다. C군은 도산공원점에서 근무를 시작했다. 만 4년간 운영했던 도산공원점이 문을 닫게 되면서 다른 직원들과 마찬가지로 C군에게도 앞으로의 행보를 물었다. 매뉴팩트에서 계속 근무하고 싶은지 아니면 다른 생각이 있는지. C군은 매뉴팩트에서 근무를 계속하기로 했고 다른 직원들과 함께 방배점으로 근무지를 옮겼다. 그리고 몇 개월 뒤 C군의 요청으로 연희동 본점에서 근무를 시작했다. 매뉴팩트는 직원이 매장을 돌아가며 근무하는 순환제 근무보다는 채용된 매장에서 근무를 지속하는 형태를 선호한다. 고객은 자주 보는 얼굴이 있는 직원에게서 안정감을 느끼고 고객과 직원의 친밀함의 정도가 단골을 형성하는 데 절대적으로 영향을 미치기 때문이다. 매뉴팩트에서 근무하며 여러 지점을 두루 경험해보기란 쉽지 않은 일인데 C군은 모든 직영점에서 근무해본 유일한 직원이 되었다.

커피라는 직업은 통상 3년 이상 근속하기 어려운 서비스직이다. 한 직장에서 3년 정도 근무하면 이직할지, 커피를 그만둘지, 그것도 아니라면 내 가게를 할지 기로에 선다. 3년이면 일이 충분히 몸에 밸 시간이다. 일이 손에 익숙해지면 일정한 방식으로 일을 반복하기 때문에 호기심과 신선함을 잃기 쉽다. 타성에 젖으면 벗어나려는 본능은 깨어나고 새로운 환경을 찾아 떠나려는 마음은 부푼다. 바리스타도 근속이 어려운 업종 중에 하나다. 그럼에도 불구하고 긴 시간 근속하는 직원은 회사가 제시하는 비전과 철학이 본인의 생각과 맞거나 근속에 따른 직군의 변화가 있는 경우였다. 커피는 커피를 내리는 일 외에도 다양한 일이 있기 때문에 승진 혹은 보직 변경과 같은 업무의 변화를 통해 근무환경을 개선하면 직원은 일에 대한 신선함을 유지하게 된다.

C군에게도 사춘기처럼 방황의 시기가 찾아왔지만 그는 회사에 남기로 했다. 그는 회사에서 본인이 할 수 있는 일을 찾기 시작했다. 신규 직영점으로 스타필드 하남점 매장을 출점하기로 한 뒤에 C군이 하남점 매니저를 하고 싶다고 요청했다. C군 집에서 하남까지의 거리가 멀어, 매니저로 누구를 세울지 고민하던 차에 먼저 나

작고 단단한 마음,

온 요청이었다. C군은 매뉴팩트 직영점에서 두루 일했고 커피를 내리는 직군에서 매장을 관리하는 직군으로, 업무 경험을 확장해줄 필요가 있었다. 우리는 일을 맡겼고 하남점으로 출퇴근을 하며 관리 업무에 집중할 수 있도록 차량을 지원했다. 하남점 출점 다음 해에 성수점을 개점했고 C군을 성수점 매니저로 발령했다. 현재 그는 모든 직영점을 총괄하는 팀장으로 재직 중이다. C군은 처음부터 두각을 드러낸 직원이 아니었다. 커피를 잘하고 직원들과 두루 잘 지내는 여느 직원과 다르지 않다. 그는 일을 맡기면 빠르게 처리하는 장점이 있었다. 그만큼 놓치고 다니는 것도 있지만 그가 가진 장점은 매뉴팩트에 필요한 능력이었다. 놓치는 건 다른 직원의 능력으로 보완했다. 그는 하남점을 성공적으로 안착시켰고 연달아 성수점을 개점했다. 그가 가진 실행력이 빛을 발한 순간이었다. '매사에 능동적이고 적극적임, 실행력이 뛰어남'이라는 표현은 이력서에서 쉽게 보이는 표현이지만 현장에서 실제로 만나보기 드문 능력이다. C군은 능동적이고 적극적이며 실행력이 뛰어나다. 자신을 둘러싼 환경을 끊임없이 개선하려는 능동성은 C군을 돋보이게 하는 능력이다. C군이 8년 차인 2024년의 매뉴팩트는 여러 가지 다양한 실험을 했다. 커피 브랜드와의 협업을 진행했고 커피가 필요한 여러 활동에 참여하고 있다. C군은 매뉴팩트와 한 번도 가보지 않은 길을 함께 가고 있다. 그의 각오였던 10년 근속은 이제 2년 남았다.

회사에도 사람과 마찬가지로 성격이 있다. 회사는 보통 회사를 만든 오너의 성격을 닮는다. 오너가 추구하는 방향이 곧 회사가 나아갈 방향이고 오너와 직원은 함께 일하며 한 방향으로 간다. 사람이 커피를 하는 이유는 제각각이다. 커피 내리는 법을 배우려는 사람, 운영을 해보고 싶은 사람, 로스팅을 하고 싶은 사람, 장사를 하고 싶은 사람, 사업을 하고 싶은 사람 등등 목적을 어디에 두냐에 따라 방향이 달라진다. 커피를 하는 목적을 돈을 버는 것으로 정한 사람은 그에 맞는 방향과 방법이 나올 것이고 즐겁게 커피를 하는 것으로 목적을 정한 사람은 그에 맞는 방향과 방법이 나온다. 매뉴팩트는 커피가 사람에게 유용한 도구로 일상에서 가까이 쓰였으면 하는 목적을 갖는다. 그래서 커피로 다양한 제품을 만들어 커피가 일상의 도구로 쓰이도록 커피를 쉽게 접근시킨다. 커피가 사람들에게 쉬워지려면 복잡한 과정을 단순화해야 하는데 그 과정이 매뉴팩트의

작고 단단한 마음,

몫이다. 집에서 커피를 내려 마시는 사람에게 전달할 레시피는 간단해야 하지만, 그 간단한 레시피를 만들기까지의 과정은 복잡하다. 그 과정에서 겪는 시행착오도 우리의 몫이다. 우리는 고객이 손쉽게 접할 수 있는 제품을 만들고 고객에게 전달하며 고객이 커피로 효용을 얻게 하는 것에 목적을 둔다. 그러면 회사가 어디로 가야 할지 정해지고 그에 따른 방법을 찾게 된다.

　　직원은 저마다의 이유로 커피를 하므로 직원을 채용할 때 커피를 왜 하려는지 꼭 묻는다. 일의 목적이 다르면 잠깐은 몰라도 길게 함께 갈 수는 없다. 서로의 방향이 다르다는 걸 인지하게 되었을 때, 억지로 방향을 맞추기 위해 에너지를 쏟는 것보다 일찌감치 각자의 길을 가는 것이 현명하다는 걸 알게 됐다. 처음엔 같은 곳을 보고 있다고 생각했지만 결국 다른 방향을 보고 있었음을 확인하기도 한다. 어느 시점엔 각자의 길을 결정할 시기를 맞이한다. 그 시간은 짧을수록 좋다. 내가 전 직장을 그만둔 이유도 방향이 맞지 않았기 때문이었다. 회사가 가고자 하는 방향에 맞춰 커피를 해보니 내가 생각해온 것과 다르다는 걸 깨달았고 나는 어떤 커피를 하고 싶은지 질문하게 되었다. 커피에 대한 나름의 철학이 생겼다. 마치 전기전자를 공부해보니 그 길이 내 길이 아니라는 걸 깨닫고 커피를 시작한 것처럼, 역설적으로 그 덕분에 내가 가고 싶은 방향을 발견한 셈이다. 그때 억지로 한 배를 타고 갔더라면 지금과는 다른 삶을 살고 있을 것이다. 매뉴팩트의 직원들은 내가 가리키는 곳과 같은 곳을 보고 있을까? 모두가 그렇다면 참으로 다행스러운 일일 테고 반만이라도 그렇다면 아직 희망은 있다. 방향이 맞는 직원은 품고 방향이 다른 직원은 본인의 방향을 가도록 독려한다. 회사와 직원이 서로 다른 방향을 볼지라도 어찌 되었든 모두에게 이득이다. 적어도 각자가 가고 싶은 방향을 찾은 것이니까.

경험의 빈도수를 늘리는 일

성격이 모두 다른 구성원을 하나의 결로 묶어내려면 무엇이 필요할까. 무명이나 명주 같은 옷감은 베틀로 씨실과 날실을 교차해서 촘촘히 엮어 만든다. 지문처럼 다른 사람들을 모아 한 방향을 가도록 설득하고 독려하려면 강력하든 부드럽든 리더십이라는 실이 필요하다. 매뉴팩트를 거쳐 간 직원들을 떠올려 보면 나는 리더로서 얼마나 부족했는가를 여실히 깨닫고는 얼굴이 화끈거린다. 평소 싫은 소리를 못 하는 성격에 일은 자고로 직접 해야 한다는 사고방식을 가진 나는 일을 직원에게 주는 방법을 몰랐다. 일을 준다는 건 경험해볼 기회를 준다는 다른 말이기도 하다. 나 홀로 기회를 차지한 것과 같다. 일을 주려면 새로운 일을 만들어야 하는데 일을 만드는 일에 관심을 두지 않으니 줄 수 있는 일도 제한적이었다. 직원의 능력은 책임의 크기에 비례하고 연차가 늘수록 권한과 책임의 크기도 함께 키워줘야 했는데 그러지 못했다. 때론 감당하기 벅찬 상황이 사람을 키워내고 있다는 걸 비바람이 지나고 나서야 알게 됐다. 매뉴팩트를 그만두고 창업했거나 이직한 직원들을 보며 커피를 내리고 고객을 응대하는 경험 이외에도 다양한 업무를 맡게 해줬다면 어땠을까 생각한다. 매뉴팩트가 아닌 다른 환경에서 일을 하면 필연적으로 다양한 솔루션을 요구받는다. 창업하면 스스로 해결책을 찾아야 하고, 다른 회사로 이직해도 해결책을 제시해야만 한다. 매뉴팩트에서 다양한 경험을 쌓는다고 해서 반드시 좋은 해법을 찾아내는 건 아니다. 업장마다 처한 문제가 다르니 그에 따른 해결책도 다르기 때문이다. 다만 어디에서 일을 하건, 일을 통해 해결책을 찾아낸 빈도수가 많다면 (성공과 실패를 떠나) 그것이 몸에 밴 사람은 근무하는 업장의 환경에 상관없이 문제를 스스로 해결하는 능력이 생기고 좋은 해답을 찾아낼 확률도 높아진다. 그 경험의 빈도수를 늘리는 게 내가 현시점에 매뉴팩트에서 가장 관심을 두고 있는 일이다. 내가 커피를 해온 과거와 지금의 시대는 환경과 문화적으로 큰 차이를 보인다. 생두 값이 천정부지로 오르고 있고 사람들이 커피를 소비하는 방식이 달라지고 있다. 커피를 잘 내리고 고객과 관계를 유지하는 것만으론 살아남기 어려운 시대를 맞이하고 있는 것이다. 소비자들은 기존의 것에 더해 새로운 무언가를 원한다. 새로운 무언가를 찾는 방법은 새로운 경험으로부터 나온다. 매뉴팩트는 다양한 시도를 통해 경험의 빈도수를 늘리고 있다. 직원의 경험이 곧 매뉴팩트의 경험이다.

가게를 해본 것도 사업을 해본 것도 처음 겪는 일들이었다. 모든 일이 처음이다 보니 그것들을 배우고 따라가는 데 적잖이 애를 먹었다. (현재도 그렇다.) 사업체를 10년 이상 운영해오고 있지만 처음 겪어보는 일들은 파도처럼 밀려왔다. 파고는 갈수록 높아졌다. 결과적으로 보면 부딪히고 내동댕이쳐지면서 배운 것들은 생

작고 단단한 마음,

채기처럼 잊힐 수 없는 흔적을 남겼고 경험은 그렇게 나를 만들어가고 있었다. 가끔 고통의 크기를 수치화할 수 있다면 좋겠다고 생각한다. 내가 겪어온 고통의 크기와 대조해 눈앞에 얼마만치의 고통이 자리하는가를 알 수 있다면 그만큼 각오를 다지고 채비할 수 있지 않을까 상상한다. 경험치보다 맞이할 고통의 역치는 늘 우위를 점했고 또 그랬기에 성장했다. 매뉴팩트를 떠나 자기 길을 찾아 떠난 (자기 가게를 운영하는) 전 직원들을 만나면 한결같은 이야기를 듣는다. 직원이었을 때는 몰랐는데 가게를 운영해보니 알게 된 것들이 많다고. 직원으로서 바라본 가게와 사장으로서 바라본 가게가 이렇게 다르다니. 직원으로 겪는 경험과 사장으로 겪는 경험의 질과 폭은 전적으로 다르다. 리더는 주어진 문제를 받아들이고 해결해내야만 하는 사람이다. 문제의 크기와 양은 갈수록 커진다. 문제를 나누고 가장 잘 해결할 수 있는 사람에게 문제를 맡기는 게 리더의 역할이라고 생각한다. 회사는 문제투성이이므로 문제를 잘 해결해나가는 조직이 우수한 조직이다. 또한 우수한 조직을 조직하는 게 리더의 또 다른 역할이다.

　한 가게를 키우려면 온 마을이 필요하다고 말하

고 싶다. 가게가 온전한 회사로 크기 위해선 여러 도움과 손길이 필요하다는 뜻이다. 손님이 늘면 직원이 늘고 손님과 직원 그리고 가게는 서로 영향을 주고받는다. 지금까지 다양한 손님과 여러 직원을 만났다. 누구 하나 소중하지 않은 만남은 없었고 모든 만남이 스승이었다. 앞으로 만나게 될 새로운 인연은 또 어떤 결과를 만들까. 우연한 만남으로 매뉴팩트가 만들어진 것처럼 인연을 가벼이 여기지 않기를, 다짐한다.

4장

바람이 불어오는 곳

몬트리올에 다녀온 지 15년 만에 캐나다에 간다. 처제가 살고 있는 밴쿠버에서 여름휴가를 보낼 계획이었다. 밴쿠버에 가야겠다고 생각한 건 자연 때문이었다. 산과 호수와 바다가 있는 밴쿠버에서 사람들은 자연과 함께 어떻게 살아가는지 경험해보고 싶었다. 문화를 경험하는 가장 좋은 방법은 문화를 간직한 그들의 일상 속으로 온몸을 풍덩 빠트리는 거라고 믿는다. 현지에서 생활하는 것처럼 보고 듣고 만지면서 그곳만의 공기를 내 몸에 관통시키는 것만큼 좋은 방법은 없다. 일상에 쫓기다 보면 해외에 나가기란 쉽지 않은 일이다. 그러나 기회를 만들어서라도 꼭 해외에 나가야 한다고 주장한다. 여행을 가는 이유는 낯선 곳에서 겪는 경험 때문인데 낯선 경험이 많을수록 배움도 많다. 외국은 언어가 다르고 사는 방식이 다르므로 낯선 상황을 설계할 수 있다. 그래서 한번 나가보기로 결정하면 기왕이면 한국으로부터 먼 곳으로 가는 게 낫다고 생각한다. 멀리 가면 갈수록 사는 방식의 간극이 커지니까 더 많이 배울 수 있지 않을까 하는 보상심리가 작용한다. 긴 시간을 비행하는 여행을 선호하는 또 다른 이유는 말 그대로 비행시간 때문이다. 나는 비행기를 곧잘 타는데 열여섯 시간의 비행도 기내에서 잘 먹고 잘 논다. 비행기 안에서도 꽤 분주하다. 책을 읽거나 기내에서 제공하는 영화 몇 편을 보고, 식사를 두 번 하고 노트에 몇 자 끄적거리면 목적지에 곧 도착한다는 안내방송이 나온다. 비행기에서 줄곧 잠을 자는 건 여러 즐거움을 놓치는 것이므로 경계한다. 엉덩이가 꽤 무거운 편이어서 학창 시절 때도 시험 기간이 다가오면 꼼짝없이 도서관 자리를 지켰다. 몸을 움직이는 시간은 잠깐 화장실을 다녀올 때뿐, 휴식을 취하고 싶을 때도 앉아서 딴짓을 했다. 바깥 공기를 쐬며 자판기 커피 한 잔을 마시는 것이야말로 진정한 휴식이라고 믿는 학우의 부름을 받아야만 엉덩이에 자유를 허락했다. 내게 허락된 이코노미 좌석의 좁은 공간도 마음껏 뛰놀 수 있는 운동장이 되는 이유다.

지금 우리나라에는 커피 바람이 불고 있다. 이 바람은 해외에서 불어온 바람이다. 바람은 고도차로 인해 만들어진다. 고기압과 저기압의 낙차가 클수록 바람이 크다. 문화도 바람과 같아서 문화의 크기가 큰 곳에서 바람은 분다. 독특한 커피 문화를 가진 여러 나라가 있다. 커피가 식문화로 자리 잡은 이탈리아 같은 나라도 있고 이탈리아 커피 문화를 빌려 스페셜티커피를 이룬 미국 커피 문화도 있다. 음식과 커피를 절묘하게 줄다리기하는 브런치 카페 문화를 가진 호주 커피 문화도 있다. 그밖에 전 세계 예술가들이 모여 커피를 향유하는 베를린 커피 문화도 있다. 우리나라에 불고 있는 바람은 어디서 불어온 걸까? 매뉴팩트를 시작하고 1년에 한 번은 해외에 나가자고 결심한 뒤로 그 약속을 잘 지켜내고 있다. (코로나 시기를 제외하고) 커피 문화가 발달한 나라들을 차례로 방문해보니 우리나라가 얼마나 버라이어티한 커피 문화를 가진 나라인지 알게 되었다. 한강의 기적은 나라 경제뿐만 아니라 문화에도 적용되는 모양이다. 우리나라는 짧은 커피 역사를 가진 나라임에도 불구하고 커피 문화가 빠르게 자리를 잡았다. 부산의 '모모스 커피Momos Coffee'가 월드바리스타챔피언을 키워내고 해외에서 한국인이 운영하는 카페가 큰 인기를 끌고 있다는 소식은 큰 자부심을 느끼게 만든다. 얼마 전 '커피 리브레Coffee Libre'의 농장인 니카라과 핀카 리브레가 COE Cup of Excellence(ACE가 주관하는 세계적인 커피 경쟁 대회이자 옥션 프로그램) 3위에 입상했다는 소식도 접했다. 자국 커피 문화가 이렇게 빨리 성장할 수 있었던 건 커피를 사랑하는 소비자의 관심 덕분이다. 감사한 일이다.

작고 단단한 마음,

미국에서 불어온 스페셜티커피

우리나라에 스페셜티커피 바람이 불기 시작한 건 2010년쯤이다. 일간지마다 대한민국은 커피 공화국이라는 표어가 도배되기 시작했다. 1999년 스타벅스 1호점이 국내에 들어온 이래로, 커피 프랜차이즈 경쟁은 갈수록 심해졌고 우리나라 커피 연간 소비량은 매해 기록을 경신했다. 커피 프랜차이즈의 경쟁에서 패배한 브랜드는 역사의 뒤안길로 사라졌고 프랜차이즈 가맹점주는 다른 프랜차이즈로 간판을 바꾸거나 개인 매장으로 그 자리를 메꿨다. 커피 프랜차이즈가 경쟁력이 떨어지는 현상은 비슷한 형태의 서비스와 콘셉트에 식상함을 느낀 소비자들이 등을 돌렸다는 의미였고, 그 소비자들의 시선을 잡은 것이 바로 스페셜티커피다. 미국에서 제3의 물결이라는 새로운 개념의 커피 문화가 국내에도 물결을 타고 들어왔다. 커피 바이어가 산지에서 직접 커피를 공수하고 이익의 일부를 산지에 환원하면 농부의 삶에 실질적인 도움을 제공할 수 있다. 농부의 삶이 개선되면 농부는 더 나은 커피를 만들기 위한 진지한 노력을 할 것이고 이는 다시 훌륭한 커피를 만드는 선순환을 거친다. 소비자는 독특하고 훌륭한 커피를 경험하게 되고 품질에 맞는 적절한 값을 지불한다. 독특한 커피 맛은 지리, 고도, 토양, 품종, 가공방식 등에 결정된다. 의식을 가진 농장주가 어디에서 어떤 방식으로 어떻게 커피를 키우냐에 따라 그곳에서 생산된 커피가 얼마나 특별한 커피인지를 결정한다. 독특하고 우수한 커피를 생산한 농장의 커피는 높은 등급과 점수를 받아 비싼 값으로 수출된다.

　　문화의 변화는 곧 인식의 변화이자 시대의 요구다. 커피에 일찍 눈을 뜬 일부의 사람들은 "커피는 쓴맛만 있는 게 아냐. 과일 같은 신맛과 단맛도 있어!"라고 외치기 시작했다. 대중은 좋은 신맛과 단맛을 가진 커피에 눈을 뜨기 시작했고 시장은 대중의 욕구를 충족시키려는 움직임이 일었는데 그에 발맞춰 마이크로 로스터리가 등장했다. 산지에서 공수해온 생두를 직접 배전하여 고객에게 제공하는 마이크로 로스터리들의 수가 점차 늘었고 그에 따라 개인 카페도 기하급수적으로 늘었다. 기존에 획일적인 카페 운영방식과 콘셉트에서 벗어난 개혁적인 카페들이 등장하기 시작했다. 개혁가들은 대로변 상권보다는 골목 어딘가에 위치를 찾기도 어려운 장소에 카페를 만들기 시작했다. 기존 창업방식의 틀

　　　　작고 단단한 마음,

을 과감히 부수는 창업가들이 등장하기 시작했다. 동시에 사회관계망 서비스에 힘입어 나만 아는 아지트를 찾아 공간을 공유하는 행위가 유행처럼 번져나갔다. 찾기도 어려운 위치에, 지도에도 없을 법한 곳이어도 사람들은 정성껏 찾아냈다. 사람들은 골목길이 가지고 있는 매력을 발견했고 골목길은 사람들을 깊은 곳까지 흡수했다. 골목상권의 대유행이 시작됐다. 내가 연희동에 호기심을 느낀 이유도 그러한 인식의 변화가 나에게도 찾아왔기 때문일 것이다.

　　미국 출장을 가야겠다고 생각한 건 2013년 5월, 매뉴팩트를 만든 지 두 달쯤 지났을 때였다. 새로운 문화 현상이 국내로 들어오고 있는 와중에도, 내가 보고 있는 현상이란 미풍에 지나지 않아 미국에서 부는 큰바람을 느끼고 싶었다. 해외 유수의 브랜드들이 각자의 색깔을 통해 소비자와 소통하고 문화를 만들어가는 모습을 보면서 매뉴팩트라는 브랜드에 필요한 이미지를 찾고 싶었다. 우리는 손가락만 몇 번 까딱하면 원하는 사진과 정보들을 손쉽게 얻을 수 있는 세상을 살아가고 있다. 돈 들여, 힘들여 미국을 방문하지 않아도 얻을 수 있는 정보는 넘쳐났다. 그런데도 해외에 나가봐야겠다고 결심한 건 눈에 '보이지 않는 것'을 보고 싶었기 때문이다. 매뉴팩트만의 색깔과 문화를 만들려면 그들의 문화를 직접 겪고 우리가 잘할 수 있는 걸 찾아야 했다. 그들의 문화를 있는 그대로 모방하기보단 매뉴팩트만의 각색이 필요했다. 매뉴팩트를 만들면서 인테리어에 큰 돈을 들이지 못했다. 그럴 여유가 없었기 때문이다. 나와 형은 저축해둔 돈과 2년 치 퇴직금을 그러모아 보증금을 치르고 중고 로스터기, 중고 에스프레소머신과 그라인더를 샀다. 수중에 남은 돈이라곤 생두 조금 살 여유밖에 없었으니 인테리어는 그야말로 언감생심이었다. 매장 인테리어가 1년이나 걸렸던 이유는 돈이 모이면 조금씩 자재를 샀고 직접 공사했기 때문이다. 그 덕에 세상에 없던 인테리어가 나왔다. 가게는 문을 열었지만 언제 닫아도 이상하지 않을 상황이었는데 불안함은 별로 없었다. 그래도 운영자금은 있어야 하지 않겠나 하는 의견이 모여 대출을 신청했다. 대출 심사를 통과했고 대출금이 나오자 그 돈으로 미국발 비행기 티켓을 끊었다. 가게를 연 지 얼마 되지 않은 상황에 형을 남겨두고 나 혼자 출장을 가면 가게는 어쩌나 하는 불안은 조금도 없었다. 하루에 손님이 열 명도 채 되지 않았기 때문

작고 단단한 마음,

이다. 한결 가벼운 마음으로 미국으로 향했다.

최고의 커피를 만나는 방법

2013년 6월 22일 토요일. 시계를 보니 새벽 5시 30분이었다. 샌프란시스코에서 맞이한 둘째 날이다. 일어나 씻고 숙소에서 나갈 채비를 했다. 몸은 잠이 부족하다며 일어나기를 격렬하게 저항했지만 시차에 몸을 적응시키기엔 부릴 여유가 없었다. 리추얼 커피는 숙소에서 걸어서 30분 정도 거리에 있었다. 새벽 6시에 숙소에서 나왔는데 어둠이 채 가시지 않은 거리가 제법 스산했다. 샌프란시스코의 거리는 무거운 새벽 공기에 눌려 악취로 덮였다. 밤사이 몸을 숨긴 노숙인들은 동굴 같은 골목에서 거리로 빠져나왔고 짐을 잔뜩 실은 카트를 끌며 어디론가 향했다. 카트 바퀴 이음새에서 삐걱거리는 소리가 골목 곳곳에서 들렸다. 새벽에 인적이 드문 거리를 걸어가는 동양인은 노숙인들의 시선을 붙잡기에 충분히 이색적이었으리라. 어깨에 둘러멘 카메라 가방을 질끈 고쳐 매고 발걸음을 재촉했다. 얼마나 걸었을까. 무성한 산세를 헤매다 마침내 불 켜진 오두막집을 발견한 것처럼 멀리 보이는 빨간색 리추얼 커피 로고가 긴장된 마음을 누그러뜨렸다.

오전 7시. 리추얼 커피 헤이스 밸리점 개장 시간에 맞춰 도착해 문을 열기만을 기다리고 있는데, 때마침 문을 열던 점원과 눈이 마주쳤다. "가게를 열었나요?"라고 물어보니 점원이 2~3분만 기다려달라 했다. 이내 정리를 마치고는 첫 주문을 받아주었다. 리추얼 커피에서 석 잔의 커피를 마셨다. 에스프레소와 카푸치노를 주문했고 점원은 괜찮은 커피가 있다며 테스트하고 남은 싱글오리진을 서비스로 내줬다. 좋은 걸 나누고 싶은 마음은 국경을 가리지 않는 모양이다. 점원에게 사람들이 리추얼 커피를 좋아하는 이유를 물었다. 점원은 두 달에 한 번씩 블렌딩에 변화를 주기 때문에 그 다양성을 좋아해주는 것 같다고 했다. 여러 커피를 섞는다는 의미의 블렌딩 커피는 개별 커피들이 갖는 장점들을 결합해 새로운 맛을 발견하고, 그 맛을 일정하게 유지하는 것을 의의로 둔다. 균일함과 안정성은 블렌딩 커피가 갖는 가장 큰 특징이고 블렌딩 커피를 사용하는 소비자에게도 중요한 요소다. 그럼에도 불구하고 블렌딩에 변화가 필요한 이유는 커피가 가진 가능성을 꾸준히 개발, 발견해야 하기 때문이다. 커피는 작황 상태에 따라, 배합 비율

작고 단단한 마음,

에 따라, 배전도에 따라, 가공법에 따라 표현할 수 있는 향미의 범위가 결정된다. 매년 더 나은 커피를 생산하려는 산지의 노력에 발맞춰 블렌딩을 발전시키는 일은 커피를 다루는 사람이 해야 할 역할이라고 생각한다. 커피를 마시는데 점원이 다가오며 스콘을 건넨다. 진열하다가 깨트려 무료로 준다고 했다. 아침 일찍 일어나는 새가 먹이를 많이 먹는다.

미국에 5박 6일간 머무르면서 샌프란시스코와 포틀랜드 그리고 로스앤젤레스를 방문했다. 열세 개 브랜드, 열아홉 개 매장을 둘러보며 내가 경험한 미국의 여러 커피 브랜드는 저마다 최고의 커피를 자랑했다. 최고의 커피를 표현하기 위해 각자 접근하는 방식에 차이가 있을 뿐이었다. 전문성, 대중성, 신선도, 다양성, 상생, 개성, 서비스 등 브랜드는 저마다 내세우고 싶은 가치를 강조했다. 각각의 정신을 담아 각 브랜드가 생각하는 최고의 커피를 고객에게 선사했다. 문화는 다양성을 먹고 자란다고 여기는데, 최고의 커피를 추구한다는 '정신적 다양성'이야말로 미국 커피 문화를 지탱하는 뿌리라고 생각한다. 그리고 그 정신을 존중하는 소비자들이 불러온 인식의 변화야말로 새로운 물결을 일으킨 바람이다.

리추얼에서 커피를 받아 자리를 잡은 테이블은 매장 앞 공터에 있었다. 화창한 아침 햇살이 콘크리트 바닥을 서서히 데우고 햇살에 기댄 내 등을 따뜻하게 덮어주었다. 갈라지고 부서진 콘크리트 위에 놓인 테이블은 다리를 네 개나 가졌음에도 절름거렸다. 덕분에 테이블 위에 놓인 커피가 성난 바다처럼 넘실댔다. 매장 오른편에는 이른 아침부터 공사가 한창이었다. 소음 속에서, 절름발이 테이블에서 커피를 마셔도 마냥 좋았다. 내겐 먹다가 남은 스콘과 반쯤 남은 카푸치노 그리고 쓰기를 멈춘 노트 한 권이 테이블에 있었다. 이른 아침에 커피를 마시며 노트에 무언가를 끄적이는 순간을 나는 사랑했다. '커피가 너무 좋았다'라고 표현하는 순간은 사람마다 다를 것이다. 누군가에겐 등급이나 점수 같은 객관적인 지표를 근거로 마신 커피에서 최고의 순간을 만날 수 있겠고, 다른 누군가는 기분과 상황에 따라 우연히 만난 커피에서 최고의 순간을 발견하기도 한다. 내가 최고의 커피를 만나는 순간들은 보통 후자에 가깝다. 불과 3일 전만 해도 한국에 있던 내가 샌프란시스코에 와 있고, 가보고 싶었던 커피숍에서 향긋한 커피를 마시며 글을 쓰고 있는 상황이 더없이 좋았다. 사방이

작고 단단한 마음,

열려 있는 노천카페 테이블에 앉아 지나가는 사람들과 날아가는 새들을 본다. 6월의 아침 공기는 선선했고 떠오른 태양이 적당한 온기로 감쌌다. 마지막 커피 한 모금까지 남김없이 마시고 나면 커피가 너무 좋다는 말이 절로 나온다. 리추얼에서 마신 커피가 너무 좋았던 이유는 내게 노출된 상황에서 불현듯 밀려온 벅찬 감정의 상태가 커피를 만나 발화했기 때문으로 보인다. '반했다'라는 표현이 적당할지도 모르겠다. 우리가 누군가 혹은 무언가에 반하는 순간은 경험하기 힘든 독특하고 특별한 이벤트의 경우보다는 평범하고 소소한 일상 속 찰나에서 더 만나기 쉽다고 여긴다. 눈이 많이 내린 몹시 추운 어느 겨울날 사직동 '커피한잔'에서 마신 케냐AA처럼 내게 있어 최고의 커피는 이성보다는 감성의 영역에서 만날 확률이 높다.

내가 최고의 커피를 경험했던 것처럼 고객들에게 최고의 커피를 경험시켜주려면 우리는 무엇을 해야 할까. 객관적으로 맛있다고 여겨지는 커피를 꾸준히 만들면 되지 않을까 싶다. 커피를 만드는 건 우리의 영역이고 커피를 만나는 건 고객의 영역이다. 우리가 우리의 영역에서 최선을 다해 꾸준히 커피를 만들면 서로의 일상 속 어딘가에서 고객이 우리를 만나, 최고의 커피를 만나게 될 확률도 그만큼 높아지지 않을까. 미국에서 방문한 여러 매장 중 리추얼 커피에서 가장 긴 시간을 보냈다. 매장을 떠나면서도 왠지 모를 아쉬움에 자꾸만 뒤돌아보게 만드는 걸 보면 마음은 좀체 떠날 준비를 하지 못한 모양이다. 미국에서 내가 맞고 있는 커피 바람은 어디서부터 불어온 걸까. 그 바람을 거슬러 올라가면 풍원風源은 아무래도 에스프레소의 본고장 이탈리아가 아닐까. 미국을 다녀온 다음 해 바람이 불어오는 곳, 그곳으로 갔다.

에스프레소의 본고장, 이탈리아

자유여행과 가이드여행은 차이가 있다. 스스로 일정을 짜면 자유여행이고 누군가 일정을 짜주면 가이드여행이다. 자유여행을 하면 욕심껏 일정을 짤 수 있어서 좋고 가이드여행을 하면 욕심을 낼 수 없어서 편하다. 이탈리아 여행은 자유여행과 가이드여행을 섞어 일정을 짰다. 대부분의 일정이 자유여행이어서 그랬는지 일정이 지나쳐 몸이 일정을 소화하지 못하는 '소화불량'에 걸린 날도 더러 있었다. 이탈리아는 우리나라와 비

작고 단단한 마음,

숫한 부분이 많다. 국토가 삼면이 바다고 오랜 역사를 지녔으며 국민의 성격이 급한 것마저 닮았다. 조금 다른 점을 꼽자면, 지방자치적 성격이 강하고 보수적이어서 외부의 것을 받아들이는 데 경계심이 높다. 에스프레소의 본고장인 이탈리아에 몇 년 전에야 스타벅스가 입점했을 정도니 말이다. 로마는 하나의 문화재다. 로마에 간다는 건 문화재를 보러 가는 것이 아니라 문화재 안에서 생활하러 간다라고 보는 것이 더 적확하다. 광장이 많고 규모도 각양각색이다. 동네 작은 놀이터만 한 것부터 축구 경기장만 한 크기도 있다. 옛 로마시대부터 광장은 사람들에게 중요한 공간이었다. 사람이 모이고 의견을 나누고 토론하고 정보를 공유하는 문화가 형성된 장소다. 거리를 지나다 보면 이탈리아 사람들이 삼삼오오 모여 무언가 열띤 대화를 하는 모습을 심심치 않게 목격할 수 있다. 과거의 유산을 물려받았기 때문이 아닐까 싶다.

베네치아와 피렌체 그리고 로마는 자유여행을 했고 이탈리아 남부여행은 시간과 거리의 제약으로 어쩔 수 없이 가이드여행을 선택했는데 그 선택은 두고두고 잘한 일이 되었다. 가이드여행은 로마에서 출발해 나폴리 폼페이를 거쳐 살레르노 항구의 배편을 이용해 아말피와 포지타노를 여행하는 일정이었다. 이탈리아 북부 베네치아를 시작으로 남부 포지타노까지 내려가면서 틈틈이 에스프레소와 카푸치노를 마셨다. 이탈리아 커피를 북부, 중부, 남부로 나눠 골고루 마셔본 셈인데 어느 매장에서 에스프레소를 마셔봐도 견과 톤과 초콜릿 단맛이 풍부했다. 마치 한 로스터리에서 생산된 커피를 이탈리아 전역에 공급하는 건 아닐까 하는 의심이 생길 정도로 지역 간 편차가 크지 않았다. 이탈리아 남부로 갈수록 배전도가 짙어지는 경향이 있다고 들었지만 경험상 큰 차이는 없었다. 물론 이탈리아 전역의 커피를 세밀히 분석한 결과를 바탕으로 이야기하는 건 아니다. 다만 확실한 건 이탈리아에 방문했던 2014년에는 산미에 대한 새로운 바람이 아직 불고 있지 않았다는 점이다.

커피라는 문화는 오래전부터 이탈리아에 정착된 문화이자 현 커피 문화의 뿌리이다. 스타벅스는 이탈리아 커피 문화를 미국으로 들여왔고, 미국 커피 문화는 커피 제3의 물결을 만들었다. 그 물결은 전 세계의 커피 생산국과 소비국에 큰바람을 일으켰다. 미국의 바람은

작고 단단한 마음,

우리나라에도 불어 우리나라만이 갖는 독특한 커피 문화를 발달시켰다. 다양한 커피 문화를 받아들이고 성장시킨 것이 우리나라를 대표하는 커피 문화라고 이야기하고 싶다. 대한민국은 식문화가 발달한 나라여서 그런지 한국인은 커피도 잘한다. 커피를 잘한다는 말은 꼼꼼하고 섬세하게 커피를 분해하고 조립하는 능력이 탁월하다는 말이다. 미국, 이탈리아, 호주, 독일 등 커피 문화가 저마다 발달한 나라의 방식을 잘 표현한다. 특히 국내에서 이탈리아 커피 문화를 잘 소개하고 있는 브랜드로 '리사르 커피_Leesar Coffee_'가 있다. 리사르 커피는 브랜드를 리뉴얼하고 이탈리아식 에스프레소를 고객에게 선보이고 있는데 이탈리아 커피 문화를 가장 잘 표현한 브랜드라고 생각한다.

로마에서 버스로 약 세 시간 정도를 달려 내려가면 나폴리에 도착한다. 나폴리에 도착하기 전에 버스는 휴게소에 잠시 들렀는데 이곳에서 만났던 커피 바는 이탈리아 커피 문화를 보여주는 정수로서 오래 각인되어 있다. 여기가 이탈리아 남부로 가는 마지막 휴게소라는 푯말이라도 본 것처럼 승객을 태운 버스들은 거침없이 휴게소로 들어갔다. 잠시 쉬어 간다는 운전기사의 말

이 떨어지기 무섭게 승객들은 버스에서 내려 휴게소로
향했다. 휴게소는 작은 식당 같은 건물이었고 문을 열고
내부로 들어서니 사람들이 와글거렸다. 커피를 마시는
사람과 주문하는 사람이 뒤엉켰다. 빨간 앞치마를 두른
바리스타는 아랑곳없이 에스프레소만 줄기차게 뽑아냈
다. 수동 그라인더 도저에는 이미 갈아 놓은 커피가 가
득했고 바리스타는 도징 레버를 두 차례 당겨 포터필터
에 커피를 담고는 탬퍼로 두 번에 걸쳐 커피를 다졌다.
커피머신에 장착된 포터필터에는 에스프레소가 스파웃
을 따라 흘러 데미타세demitasse 위로 또록또록 떨어졌다.
그 어디에도 저울과 타이머는 찾아볼 수 없었다. 옛 추
출 방식 그대로였다. 커피 퍽을 토해낸 포터필터는 그라
인더에 올려져 다음 커피를 받아냈다. 에스프레소머신
에 장착된 네 개의 그룹에선 광장에 놓인 분수처럼 쉼
없이 커피를 뽑아냈다. 흰색 와이셔츠에 빨간 넥타이를
맨 매니저가 바 위에 흰색 소서와 스푼을 주욱 깔면 바
리스타는 추출이 끝나는 대로 에스프레소 잔을 소서 위
에 올렸다. 바 앞에 모인 이탈리아 사람들은 손에 쥔 주
문서를 흔들어대며 에스프레소를 달라고 성깔을 부렸
다. 커피가 나오면 주문서를 툭 내려놓고 커피를 소중

작고 단단한 마음,

히 가져갔다. 스테인리스 샐러드볼엔 일회용 설탕이 수북했다. 커피를 받은 사람들은 약속이나 한 듯 설탕 봉지를 찢어 에스프레소 잔에 쏟아부었다. 설탕을 다 녹인 스푼은 제 역할을 마치고 소서 위에 가지런히 누웠다. 그들의 입은 고장 난 라디오처럼 쉬지 않고 단어를 쏟아냈다. 오직 커피를 마시는 시간만이 침묵의 순간이다. 그러나 침묵의 순간은 에스프레소의 용량만큼 짧았다. 커피를 마시는 사람들 사이로 주문서를 쥔 손들이 끊임없이 들어왔다. 그들 틈 사이에서 수줍게 주문서를 흔들고 있는 나를 발견했다.

이탈리아 커피 문화는 삶 속에 녹아 있다. 카푸치노와 크루아상은 우리나라로 치면 흰 쌀밥에 김치다. 우리나라가 밥과 김치에 절묘한 레시피를 요구하지 않고 먹는 것처럼 이탈리아 사람들도 커피를 밥과 김치처럼 먹는다. 문화가 성숙하다는 건 전반적인 수준이 높다는 뜻이 아닐까. 커피를 마시러 늘어선 줄과 프로페셔널하게 커피를 뽑아내는 바리스타 사이에 뜨거운 열기를 느꼈다. 이탈리아 전역에서 이 열기를 매일 매 순간 뿜어내고 있었다. 이 현상을 바라보며 일종의 기시감을 느꼈는데, 우리나라 커피숍에서도 이탈리아 못지않은 문화적 현상이 발생하고 있던 것이다. 리사르 커피 약수점에 방문했을 때 이탈리아에서 느꼈던 열기가 떠오른 건 결코 우연이 아니었다.

나만 알고 싶지 않은 맛

매뉴팩트를 만들고 우유가 들어간 커피에 공을 많이 들였다. 내가 맛있다고 생각하는 카페라떼는 우유 특유의 비릿한 향이 없어야 하고 커피 향과 함께 캐러멜 또는 초콜릿 향이 있어야 한다. 에스프레소가 약하면 우유에 밀려 우유 맛이 많이 나고 반대로 에스프레소가 너무 강하면 쓴맛이 늘어 균형이 무너진다. 에스프레소와 우유 사이에 팽팽한 긴장감을 좋아한다. "카페라떼는 비릿해서 원래 안 마시는데 여기는 비릿한 맛이 없어요"라는 말을 가장 많이 들었다. 카페라떼가 맛있다는 손님들의 피드백을 확인하면서 우리 커피에 사람들이 반응하고 있구나 확인했다. 잘한다 잘한다 하면 더 잘하고 싶은 마음은 아이나 어른이나 크게 다르지 않다. 카페라떼를 좋아하는 손님들은 종종 카페라떼를 잘한다는 집을 소개해주기도 했다. 기억해두었다가 근처를 지나갈 일이 생기면 꼭 방문했다. 카페라떼를 좋아하는 사

작고 단단한 마음,

람들이 늘면서 플랫화이트라는 메뉴를 선보이는 가게도 늘기 시작했다. 플랫화이트라는 메뉴는 궁금증을 자아냈다. 플랫화이트는 도대체 어떤 메뉴이고 어떻게 만들며 무슨 맛을 가진 커피일까? 매뉴팩트에서 우유가 들어간 커피가 사람들 사이에서 반응이 있자 카페라떼 말고도 맛있는 커피를 만들어 보고 싶었다. 플랫화이트를 검색하니 호주에서 마시는 우유가 들어간 커피라고 했다. 사진과 글을 보면 궁금증은 해결되기는커녕 호기심만 불어났다. 호주에는 어떤 커피 문화가 있길래 한국에까지 바람이 분 걸까? 플랫화이트를 직접 먹어보고 문화를 경험하면 원하는 답에 조금은 가까워질까 하여 호주행 티켓을 끊었다.

2015년 5월 1일 멜버른에 위치한 '세인트 알리 *St.Ali*'에 도착한 건 7시를 조금 넘긴 이른 아침 시간이었다. 골목길로 들어서니 맞은편 건물에 가려 해가 반쯤 비치는 흰색 건물이 보였다. 건물 외벽엔 세인트 알리임을 알리는 새 모양의 황동 조각상이 걸려 있었다. 아직 쌀쌀한 날씨 때문인지 창문은 셔터의 절반까지만 올라간 채로 신선한 바깥 공기를 내부로 들이고 있었다. 골목에 드리워진 그림자와 아침 공기가 아직 이른 시간임을 체감시켰고 골목엔 인적마저 드물어 내가 첫 손님이 겠거니 하고 매장 문을 열었다. 어둑한 조명에 시야가 적응하는 데 시간이 필요했지만 눈보다 빠른 귀가 이 공간에 얼마나 많은 사람이 있는지 귀띔해주었다. 머신이 뿜어내는 스팀 소리와 사람들이 나누는 대화 소리, 주방에서 식사를 내보내는 벨 소리가 들렸다. 실내조명은 최소한만 켜놓고 채광으로 들어오는 빛으로 실내를 밝혔다. 사물이 눈에 익어가면서 사람들이 보이기 시작했다. 큰 테이블에 앉은 머리가 희끗한 노신사가 신문을 펼쳐 읽고 있었고 테이블 가운데에는 큰 초록색 잎사귀를 돋운 나무가 화병에 꽂혀 있었다. 채광이 좋은 자리는 부지런한 손님들 차지였다. 커피를 주문하러 늘어선 줄과 간단한 식사를 마치고 대화에 여념이 없는 사람들로 공간은 채워졌다. 지금 보이는 풍경이 오후 7시인지 오전 7시인지 분간하기 어려웠다. 호주 카페는 저녁 시간 전에 문을 닫고 이른 아침에 문을 연다. 매장 운영은 결국 수요에 맞춰 공급이 이뤄진다. 우리나라 사람들도 어느 나라 사람들 못지않게 아침 일찍 하루를 시작하지만 출근 전에 내 시간을 갖고 여유롭게 하루를 시작하는 문화는 아직 생경하다. 우리나라 오피스 상권을 제외

작고 단단한 마음,

한 카페 대부분의 영업시간이 점심과 저녁에 맞춰 운영되는 걸 보면 우리나라 사람들의 라이프스타일을 어느 정도 짐작할 수 있다.

음식을 먹는다면 주문받으러 오겠다는 직원의 말에 적당한 자리에 앉았다. 버터를 바른 빵 한 조각과 수란, 커피는 플랫화이트와 롱블랙을 한 잔씩 주문했다. 호주에선 세인트 알리를 포함해 열여섯 군데 매장을 둘러봤다. 호주 커피는 커피 문화가 오래된 만큼 독특한 이름을 가진 메뉴들이 있다. 대표적으로 숏블랙, 롱블랙, 피콜로, 플랫화이트 등이 있는데 크게 블랙 커피와 화이트 커피로 나눠 커피의 색으로 메뉴를 구분한다. 또 에스프레소와 물 또는 우유를 어떤 비율로 배합하느냐에 따라 메뉴가 가지를 친다. 호주는 부엌을 가진 카페가 대부분이다. 커피는 음식과 곁들이는 음료로 구성되어 있고 용량이 적은 메뉴가 많았다. 용량이 적은 만큼 커피는 진했다. 방문한 매장마다 플랫화이트와 라떼를 맛봤다. 플랫화이트는 5oz 정도의 작지만 진한 커피를 세라믹 잔에 담았고 카페라떼는 8oz 정도의 양을 커피잔에 담아 주었다. 카페라떼는 매장에 따라 손잡이 없는 유리컵에 담아 주기도 했다. '토비스 이스테이트 커피 로스터스 *Toby's Estate Coffee Roasters*'에서 직원에게 플랫화이트와 카페라떼의 차이를 물은 적이 있다. 직원이 말하길, 우유가 담기는 용량에 차이가 있고 플랫화이트는 세라믹 잔에 카페라떼는 유리 글라스에 담아 서빙한다고 했다. 같은 샷을 기준으로 우유량이 상대적으로 적은 플랫화이트가 카페라떼보다 풍미가 진했다. 이탈리아에 카푸치노와 크루아상을 먹는 문화가 있다면 호주에는 플랫화이트와 음식을 먹는 문화가 있다. 커피 한 가지만 잘하기도 어려운데 호주는 음식도 잘한다. 커피와 음식을 모두 잘하기 위해 그들이 쏟는 노력을 직접 경험해보니 매뉴팩트 도산공원점에서 만난 손님이 건넨 말씀이 무엇이었는지 온전히 이해할 수 있었다.

매뉴팩트 도산공원점에서 커피를 내리는 와중에 한 손님이 다가와 자신을 소개했다. 호주 멜버른에서 11년간 거주 중인 한국인 손님이었다. 연희동 매장에서 마신 플랫화이트에 깊은 인상을 받아 도산공원점을 방문하지 않을 수 없어 두 번이나 왔다고 했다. 우리는 두 시간여 동안 대화를 나눴다. 나는 멜버른과 시드니 커피에서 느낀 바를 설명했고 호주 손님은 멜버른에서 11년간 생활한 이야기와 커피에 대해 들려주었다. 그 이야기

작고 단단한 마음,

를 통해 비로소 호주 커피가 무엇을 지향하는지 한 걸음 더 다가갈 수 있었다. 미국 스페셜티커피는 커피를 중심으로 사이드메뉴가 곁들여지는 커피전문점을 특징으로 한다면 호주는 커피와 음식을 함께 즐기는 카페테리아를 특징으로 한다. 커피와 음식의 비중을 절반씩 갖고 있다고 볼 수 있다. 무게 추가 어느 한쪽으로 치우치지 않는 이상적인 카페의 모습이다. 쉽게 말해 음식도 맛있고 커피도 맛있다. 마치 '프릳츠*Fritz*'가 빵과 커피의 비중을 균형감 있게 유지하며 시너지를 일으키는 것과 흡사하다. 호주 손님은 호주 카페가 지향하는 바를 로우 프레셔 다이닝*low pressure dining*이라고 말했다. 레스토랑의 높은 문턱을 낮추고 캐주얼한 분위기로 누구나 쉽게 접근하여 음식을 즐긴다는 가치를 추구한다. 가격은 합리적이나 품질은 높을 것. 호주 커피가 지향하는 것처럼 커피와 음식 두 가지 모두를 가져가기 위해 얼마나 노력을 해왔는가를 호주만의 독자적인 커피 문화 현상을 보면서 이해할 수 있었다. 그리고 그것이 대체 불가능한 호주만의 커피 문화를 만들었다.

여행을 마치고 한국에 돌아온 뒤, 호주에서 플랫 화이트를 마셔본 기억을 더듬어 매뉴팩트 커피에 적용해 테스트를 진행했다. 걸쭉한 더블리스트레토에 적은 우유 용량의 비율이 좋았다. 무엇보다 5oz 정도의 작은 세라믹 잔에 담긴 커피의 형태가 마음에 쏙 들었다. 양보다는 질의 시대에 접어들고 있었다. 플랫화이트를 만들고 따뜻한 커피와 더불어 아이스 플랫화이트도 만들었다. 우리나라는 한겨울에도 아이스 커피를 마시는 민족이니 충분한 수요가 있겠다고 생각했다. 플랫화이트는 적은 용량임에도 불구하고 진한 커피 풍미를 담아내는 게 핵심이기 때문에 아이스 커피도 작은 잔을 선택했다. 따뜻한 커피 용량과 같이 5oz를 담아낼 수 있는 듀라렉스 프로방스 유리잔을 찾아냈다. 듀라렉스에 얼음 한 알과 우유 120ml 정도를 담고 그 위에 뜨거운 더블리스트레토 샷을 올렸다. 적갈색 크레마가 흰 우유에 천천히 스며들었다. 더블리스트레토는 걸쭉한 넥타르와 높은 수율을 가지고 있어 우유에 커피가 채색한 그러데이션이 아름답게 그려졌다. 갓 추출을 마친 아이스 플랫화이트에 입을 갖다 대면 따뜻한 온기를 품은 크레마와 차가운 냉기를 가진 우유가 입술에 닿는다. 첫 모금에 에스프레소의 달큰한 초콜릿 풍미가 입안에 감돌고 두 번째 모금에서는 고소한 우유 단맛을 품은 커피

작고 단단한 마음,

가 입속을 코팅한다. 마지막 세 번째 모금은 바닥에 가라앉은 진하고 쌉싸름한 커피가 긴 여운을 남긴다.

플랫화이트는 매뉴팩트 브랜드를 알리는 데 일등 공신한 커피다. 특히 아이스 플랫화이트의 인기는 가히 전국적이었다. 나만 알고 싶지 않은 커피를 고객들이 알아봐주어서 얼마나 기뻤는지 모른다. 플랫화이트를 출시하고 두 해 다음엔 꼬르타도를 출시했다. 꼬르타도는 플랫화이트보다 용량이 적은 세라믹 잔에 제공하는 스페인식 카페라떼다. 이렇게 점차 우유량을 줄인 메뉴를 출시한 이유는 진한 커피에 대한 사람들의 반응을 확인했기 때문이다. 내가 대한민국에서 보고 싶은 커피 문화 중 하나는 이탈리아처럼 에스프레소를 가볍게 즐기는 문화 현상이다. 커피를 하는 사람들은 진한 에스프레소에서 다채로운 향미를 발견하고 미소 지을 수 있지만 일반 고객이 에스프레소를 즐기기엔 여전히 높은 허들이 존재했다. 그 허들을 낮추는 방법으로 조금씩 진한 커피를 선보이게 되었고 진한 커피에서도 깊은 풍미와 다채로운 맛을 발견하기를 기대했다. 대한민국 커피 열풍은 내 기대와 예상보다 더 빠르고 거세게 불었고 그 흐름에 맞춰 리사르 커피가 에스프레소 열풍을 이끌었다.

독일 느낌이 나는 매장

매장이 꼭 독일 느낌이 나네요, 라고 했던 정 대표님의 말에 독일이 궁금해졌다. 출판사 안그라픽스에서 출간한 디자인 관련 책들을 독파하던 시절이 있었는데 그때 《독일. 디자인. 여행.》이라는 책을 보고 처음으로 독일에 가보고 싶다고 생각했다. 책에 삽입된 사진들은 신호등도 쓰레기통도 하나의 작품처럼 보였다. 또한 커피를 하면서 쓰고 있는 프로밧 로스터기나 말코닉 그라인더와 같은 기계들도 독일 제품이 많다. 성능뿐만 아니라 제품 디자인도 우수해 쓸수록 만족스럽다. 2014년쯤으로 기억하는데 베를린에서 '보난자 커피Bonanza Coffee' 브랜드를 운영하는 대표가 매뉴팩트에 방문해서 커피에 대한 이야기를 나눈 것도 베를린에 대한 궁금증을 키운 요인이다. 베를린은 전 세계 예술가들이 모이는 도시로 유명하다. 예술가와 커피는 역사적으로 뗄 수 없는 관계다. 커피는 베토벤과 바흐의 곡에 영향을 끼쳤고 반 고흐의 그림에, 그리고 어니스트 헤밍웨이의 문학에 스며들었다. 예술가들이 모이는 도시는 과연 어떤 색깔인지 그리고 베를린의 커피 문화는 어떨지 궁금했다. 베를리너도 우리나라 사람처럼 커피에 열광할까?

작고 단단한 마음,

베를린에 도착한 건 2016년 4월 14일 초봄이었다. 꽃망울을 막 터트리기 시작한 베를린의 초봄은 우리나라보다 한 달 정도 늦다. 턱 끝까지 지퍼를 올려 입어야 할 정도로 바람은 여전히 겨울을 품고 있었다. 베를린에 가게 된다면 완연한 봄날인 5월이나 6월쯤이 좋다던 PD님의 조언을 뒤늦게 깨달았다. 도시가 주는 차가운 이미지에 더해 날씨까지 추웠다. 베를린에서 3일을 머물면서 허리가 아파질 때까지 걷고 머리가 지끈할 정도로 도시를 둘러봤다. 기대만큼 도시에 카페가 많지 않아 당황했다. 베를린에서 꼭 가보고 싶었던 매장들 위주로 방문했다. 보난자 커피, 더 반*The Barn*, 컨시어지 커피*Concierge Coffee* 등을 방문했다. 단 3일간의 여행만으로 베를린에 대해 많은 걸 알 순 없었지만 나름 많이 걷고 보고 먹으며 시간을 농밀하게 썼다. 나는 여행의 목적이 여행을 가기 전의 나와 다녀온 나의 상태가 달라지는 데 있다고 여긴다. 나를 바꾸는 건 여행지에서 보내는 시간의 길이보단 이벤트의 밀도와 밀접하다고 생각한다. 베를린에 도착해 보난자 커피를 찾아 걷기 시작했다. 주택들을 몇 블록이나 지나 푸른색을 옅게 띤 밝은 회색 외벽에 보난자 커피 간판을 발견했다. 보난자 커피는 베를린에 오면 꼭 방문해야 하는 카페로 유명하다. 차분한 외벽만큼 내부도 단단하고 군더더기 없는 인테리어가 돋보였다. 보난자를 포함해 여러 커피숍과 상점들을 방문했을 때 그곳에서 느꼈던 인테리어의 공통점은 인테리어를 위한 인테리어라기보다 기능에 맞춰 설비를 갖추면서 나오게 된 것이라는 생각이 들었다. 시간이 흐르면서 필요한 물건이 제자리를 채워가는 인테리어였다. 그래서 찾아간 가게마다 공간이 빈 듯한 무심한 느낌을 지울 수 없었나 보다. 매뉴팩트는 사용자를 중심으로 한 인테리어를 추구한다. 커피를 다루는 사용자들이 효율적으로 일할 수 있는 동선을 짜고 동선에 맞춰 커피를 만드는 설비를 구축한다. 기능을 우선한 설비들이 하나의 인테리어 기능까지 겸하게 된다. 이 지점이 독일의 기능 중심적 디자인과 비슷한 맥을 유지하는 건 아닌가 싶다. 매장이 꼭 독일 느낌이 난다던 정 대표님이 말한 그 지점 말이다.

혹시 보난자 커피 대표가 매장에 있나요? 라고 직원에게 건넨 말에 대표는 해외 출장을 떠났어요, 라는 쓸쓸한 답이 돌아왔다. 애초에 약속하고 온 것도 아니었으니 아쉬움은 커피로 달래기로 했다. 에스프레소와 플

작고 단단한 마음,

랫화이트를 주문하고 건물 밖 나무 벤치에 앉아 커피를 마셨다. 보난자가 있는 건물도 주변 건물과 마찬가지로 옆 건물과 어깨를 기대어 다닥다닥 붙어 있었다. 마치 높고 기다란 베를린 장벽에 창문과 출입문을 그림으로 그려놓은 것처럼 보였다. 바람이 불어 옷깃을 여몄지만 피부에 닿은 따스한 햇살은 곧 다가올 완연한 봄을 예고했다. 따뜻한 커피를 마시기 좋은 계절이었다. 플랫화이트를 마시고 아쉬운 마음이 가시지 않아 싱글오리진으로 코스타리카 한 잔을 더 마셨는데 직원은 푸어오버 *pour over* 방식으로 커피를 내려줬다. 티처럼 맑고 깨끗한 커피였다. 맛보다는 향이 많은 커피였다.

역사가 깊은 나라일수록 음식 문화가 발달한다. 하지만 독일은 역사에 비해 음식 문화가 발달하지 않은 국가로 유명하다. 독일 하면 떠오르는 음식이란 맥주와 소시지 정도. 커피도 음식 문화에 속해서일까. 내가 본 베를리너들은 커피를 소비하는 데 그다지 열정적이지 않아 보였다. 베를린에 카페가 많지 않은 이유일지도 모른다. 도시가 풍기는 차분함 때문일까 아니면 쌀쌀한 날씨 때문일까. 여행하고 있다는 흥분이 좀처럼 느껴지질 않았다. 그나마 연거푸 마신 커피가 가슴을 벌렁거리게 해 여행 중임을 각성하게 했다.

나다움을 간직한 도시

베를린은 색깔로 치면 회색에, 온도로 치면 차갑
고, 물성으로 치면 단단했다. 감정으로 치면 실망했다. 전
세계 아티스트들이 모이는 도시치곤 예술적인 도시 분
위기가 아니었다. 베를린 하면 왠지 예술가들의 개성이
가득한 거리 공연이 시선을 던지는 곳마다 있어야 할 것
같은데 내가 만난 베를린은 속내를 잘 드러내지 않는 도
시 같았다. 베를린은 중정을 가진 건물이 많다. 중정을
가진 건물은 보통 'ㄷ'자 또는 'ㅁ'자 구조로 건축한다. 건
물로 드나드는 출입문이 도로를 향해 열려 있지 않고
건물 뒷편 또는 안쪽으로 돌아가게끔 설계된 건축물이
많았다. 출입문은 꼭 중정을 거치게 되어 있었고 중정은
햇볕을 담는 그릇 같은 공간이자 건물에서 가장 중요한
역할을 했다. 건물에서 생활하는 사람들은 가운데 중정
을 바라보게 되는데, 중정엔 대개 작은 정원이 있어서
건물 사람들에게 심리적인 안정감을 제공한다. 중정에
마련된 벤치에 앉아 햇볕을 쬐니 긴장이 다소 누그러진
다. 벤치에 앉아 건물 1층에 입점한 몇몇 상점들을 둘러

작고 단단한 마음,

봤다. 역시나 상점들은 필요한 요소만 구성하고 불필요한 건 배제한 듯한 인테리어를 하고 있다. 좋게 말하면 힘을 빼고 본질에 집중하는 것이고 다르게 말하면 무심하다 할 수 있다. 남들에게 보이는 모습보단 스스로가 생각하는 모습을 더 중요시하는 것 같다고나 할까. 사물의 겉모습만 봐서는 본질을 알 수 없듯 베를린 건물도 겉모습만으로는 정확히 어떤 건물인지 가늠하기 어려웠다. 흔한 간판조차 없으니까 말이다. 중정으로 걸음을 옮기고 가게 출입문을 발견해야 건물은 비로소 본 모습을 드러낸다. 베를린은 건축에서조차 본질을 중시하는 태도를 지녔다고 이해해도 좋을까.

전 세계 예술가들이 베를린으로 오는 이유는 무엇일까? 예술가란 자기 생각을 그림, 음악, 춤과 같은 도구로 표현하는 사람을 말한다. 내 안의 생각 또는 나를 표현하는 예술가들은 타인의 시선을 의식하지 않는다. 겉모습보다는 내면을 중시하는 도시 전체의 분위기를 고려하면 베를린은 예술가에게 더할 나위 없이 훌륭한 도시라고 생각한다. 독특한 건축물과 문화재로 가득한 이탈리아나 현란한 광고판으로 존재를 과감하게 드러내는 미국과 달리 개성이 없어 보이는 베를린이 개성이 드러나는 이유가 바로 나답기 때문이 아닐까? 가보고 싶은 도시, 일해보고 싶은 기업, 닮고 싶은 사람에겐 나다움을 잃지 않았다는 특징이 있다. 다시 말해 나답게 나아가는 것만이 훌륭한 개인, 훌륭한 브랜드를 만들어내는 비결이 아닌가 싶다. 베를린에 실망한 감정을 쏟아내고 나니 역설적이게도 베를린의 본질이 드러났다. 베를린은 '매뉴팩트가 가져야 할 본질은 무엇인가'라는 하나의 질문을 남겼다. 수많은 예술가가 커피와 함께 작업한 숱한 날들을 기억한다. 커피는 낱말로, 음표로 때론 세심한 붓질로 표현되어 작품으로 남겨졌다. 작품은 지금도 우리의 가슴에 영감을 불어넣는다. 영감은 우리 몸 어딘가에 맴돌다 우리가 만드는 새로운 작품에 녹아 세상에 나온다. 그렇게 나온 작품이 또 다른 사람들에게 영감을 주는 선순환이야말로 내가 매뉴팩트를 통해 보고 싶은 그림이다.

밴쿠버에서 뜨거운 여름을 보내고 돌아온 뒤 한국의 여름은 기세가 한풀 꺾였다. 밴쿠버에서 방문했던 커피숍들은 특별한 감흥 없이 나를 맞이했다. 오랜만에 해외로 나가 방문한 커피숍들이었지만 과거에 머무른 듯 변화 없이 익숙한 분위기였다. 카페에서 사람들은 늘

작고 단단한 마음,

그래왔듯 커피를 마시고 대화하고 커피를 받아 들고 어디론가 사라졌다. 특별할 것 없는 여느 일상의 풍경이었다. 문화라는 것도 생명처럼 태어나고 자라고 성장이 멈추다 사라지는 과정을 밟는다면 지금 내가 보고 있는 커피 문화는 성장통을 통과한 완숙한 어느 지점에 와 있는 건 아닌가 싶다. 미국에서 불어온 거센 바람도 결국은 잦아들게 마련이고 그 바람이 우리 일상에 스며 일부가 된 지 오래다. 그렇게 문화는 가랑비에 옷 젖듯 천천히 번지고 깊게 뿌리를 내린다. 이탈리아 사람들에게 커피가 이미 익숙한 일상으로 여겨지는 것처럼 제3의 물결이 스치고 지나간 나라들에서도 커피는 일상적인 삶의 도구로 자리를 잡는 것처럼 보인다. 새로운 것에 무뎌지고 익숙한 것에 평안함을 느끼는 것이 생명이 갖는 자연스러운 노화의 과정이라 한다면 커피 문화도 격변의 시기를 거쳐 안정적인 상태에 놓인 것이리라. 마치 뜨거운 여름을 보내고 기세가 한풀 꺾인 늦여름처럼. 자, 이제 우리는 다가올 계절에 대비해 무엇을 준비해야 할까.

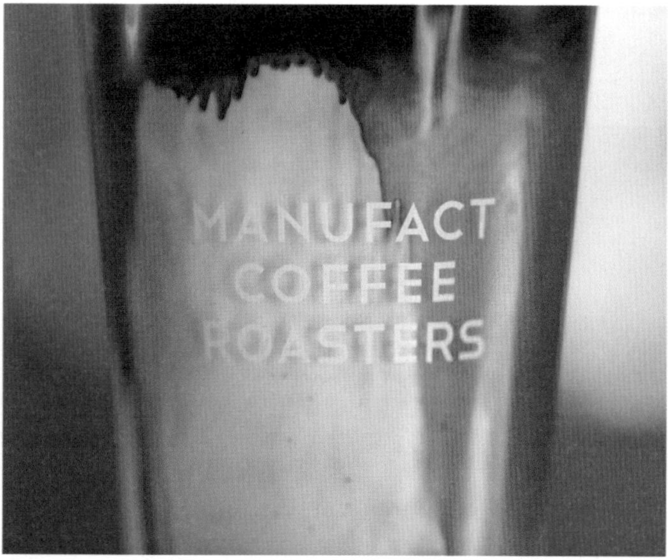
MANUFACT
COFFEE
ROASTERS

5장

일하는 마음

2008년은 7월까지 캐나다 몬트리올에서 지냈다. 명분은 어학연수였지만 사실은 해외 체류에 가까운 도피였다. 피 끓는 20대 중반의 청년을 대한민국에 가둬두기엔 내 젊음이 아까웠다. 당시의 난 경험에 굶주렸고 갈비뼈가 드러난 하이에나처럼 킁킁거렸다. 전문대를 졸업하고 취업전선으로 뛰어들지 않았던 이유도 회사에 취업해 돈 버는 것이 내게 주어진 20대의 목적은 아니라는 생각에서였다. 당시엔 유럽 배낭여행을 떠나는 것이 젊음을 대표하는 상징처럼 여겨졌고 나의 젊음도 내게 세상을 보라고 부추겼다. 편입을 결심한 이유도 하고 싶은 일을 하는 데 필요한 시간을 벌기 위해서였고, 배낭여행은 편입해야 하는 동기로 충분했다. 편입을 했고 학생 신분은 연장되었다. 편입 후 한 학기 만에 휴학을 결정한 건 당연한 수순이었다. 여행의 목적지는 유럽에서 캐나다로 수정되었고 여행의 목적은 단기 배낭여행에서 장기 해외 체류로 바뀌었다. 우연한 계기로 만난 사람에게 듣게 된 해외 체류기가 여행의 목적을 바꾼 셈이다. 유럽 배낭여행을 다녀올 돈으로 캐나다에서 1년을 살고 온 사람과 나눈 대화는 여행에 대한 편견을 깼다. 세상엔 불가능해 보이는 것들을 척척 해내는 사람

작고 단단한 마음,

들이 존재한다. 그가 했다면 내가 못 할 이유도 없다고 생각했고 실행에 옮겼다. 망치를 들고 있으면 못질할 것만 눈에 들어오는 것처럼 내 시선에 잡히는 건 온통 해외여행 또는 체류와 관련한 것뿐이었다. 해외에서 생활한 사람들의 다채로운 이야기는 차고 넘쳤다. 몬트리올행 비행기에 몸을 실었다.

성정에 맞는 일

몬트리올에 도착해 가장 먼저 일자리를 구했다. '자파*Jaffa*'라는 야채가게에서 일하게 되었는데 그곳에서 내가 한 일은 멍이 들고 상처 난 과일들을 골라 진열대에서 내리는 일이었다. 하루는 사장인 데이비드가 못마땅한 표정으로 나를 부르더니 진열대 정리를 마친 거냐고 물었다. 데이비드는 약간의 흠이라도 있으면 상품 가치가 없다며 가차 없이 과일을 내렸다. 내가 보기엔 멀쩡한 과일이었다. 야채가게 자파는 과일과 야채를 취급하는 소매점이었다. 그는 최고의 상품만을 판매하겠다는 고집을 꺾지 않았다. 고집은 수백 가지의 과일과 채소에 빠짐없이 적용되었다. 한번은 가게에서 멀리 떨어진 가정집으로 배달을 갔는데 집에서 빠져나오던 옆집 할머니가 가게 상호를 보곤 "신선한 과일을 팔기로 유명하다는 자파에서 온 게야?"라고 했다. 데이비드의 고집만큼 가게의 평판은 자자했다. 자파에서 일하면서 과일과 야채를 파는 방법을 익혔다. 데이비드는 "영업에는 두 가지 방법이 있는데 손님이 가게로 오게 만드는 영업과 내가 직접 손님에게 찾아가는 영업이 있다. 좋은 과일을 고르고 품질을 유지하는 일에만 집중한다면 손님은 반드시 온다. 손님이 오게 만드는 영업을 해야 살아남을 수 있다"고 말했다. 끊임없이 가게로 들어오는 손님들을 보면서 야채가게란 아무나 할 수 있는 사업은 아니라고 생각했다. 성실하고 똑똑하며 부지런하지 않으면 할 수 없는 사업이었다. 데이비드는 새벽에 일어나 청과시장에 나가 경매로 과일과 야채를 사고 가게 문이 열려 있는 시간엔 새벽에 사 온 갖가지 과채를 손질하며 가게를 운영했다. 크리스마스 단 하루만 가게 문을 닫고 364일은 문을 열었다. 데이비드를 보면 꼭 밭에서 떠나지 못하는 농부 같았다. 일을 배우면서 사업체를 운영하는 것에 매력을 느꼈고 한국으로 돌아가 야채가게를 운영하는 내 모습을 상상하곤 했는데 그 모습이 이질적이기는커녕 꽤 잘 어울려 웃음이 났다. 고등학교 2학년

때였다. 학교에서 성향에 맞는 직업을 골라주는 적성검사를 했는데 결과지는 나에게 농사가 어울리겠다며 농부를 표기했다. 의사나 변호사처럼 당시나 지금이나 인기를 끄는 직업군과 거리가 먼 직업이 나와 어울린다고 결과지는 말하고 있었다. 의사나 변호사를 직업으로 삼겠다는 마음은 조금도 없었지만 그렇다고 농부를 마음에 품어본 적도 없었다. 엉터리 검사라며, 그 시절엔 대수롭지 않게 넘겼는데 지금 생각해보면 꽤 신뢰도가 높은 검사였구나 싶다.

농부라는 직업은 밭을 갈고 씨를 뿌려 농작물이 잘 자라도록 땅과 작물 곁에서 시간을 보내는 일이다. 농부는 흙에 비료를 주고 종자가 좋은 씨를 땅에 심어 작물이 잘 크도록 돌봐주는 사람이다. 한 해 농사의 결과는 수확할 때 알 수 있다. 농사의 결과가 노력에 비례한다면 더할 나위 없이 좋겠지만 안타깝게도 여러 운이 따라야 좋은 결과를 얻는다. 가령 일조량 혹은 강수량과 같은 환경이 작물의 생장 시기에 잘 맞아야 한다. 사업도 일을 만들고 결과를 얻기까지 많은 시간과 공을 들인다. 그 결과가 무엇이든 담담히 받아들이는 게 농사와 닮았다. 씨를 뿌리고 싹이 오르길 기다리는 농사일처럼 조급해지려는 마음에 거리를 두고 천천히 시간을 들여 열매를 키워내는 사업이 내 성정과 맞는다는 걸 사업을 시작해보고 나서 알게 되었다. 사업을 잘 키워내는가는 다른 이야기이긴 하지만 말이다. 사업에 대한 꿈은 이뤘고 야채가게에 대한 꿈은 이뤄지지 않았다. 야채와 커피는 땅에서 자라고 신선할 때 먹으면 좋다는 공통점을 가진다. 야채가 커피로 바뀌었을 뿐 커피가게 운영은 자파에서 배운 대로 적용했다. 품질에 타협하지 않고 항상 신선한 제품을 고객에게 제공하는 원칙을 적용했다. 데이비드가 새벽마다 시장에 나가 경매로 과채를 사 오듯 매뉴팩트는 매일 콩을 볶고 커피를 내렸다. 손님이 어느 날에 오더라도 매장엔 항상 신선한 커피가 있었다. 그렇게 13년째 운영하고 있다. 우리가 고집을 부린 만큼 가게의 평판도 올랐다.

일을 하는 이유에 대하여

사업을 시작한 지 여러 해를 보내고, 회사에 다니는 친구들을 만나거나 사업에 꿈을 품는 직원들과 대화할 기회가 종종 생겼다. 그럴 때면 그들에게 창업해서 '내 일'을 하고 싶다는 고백을 심심치 않게 듣는다. 회사

작고 단단한 마음,

에 언제까지 다닐 수 있을지 모른다는 불안과 내가 좋아하는 일로 밥벌이를 하고 싶은 열망을 토해내며 창업에 대한 희망과 환상에 젖는다. 나도 그들과 같은 마음으로 길을 지나왔다. 그런데 막상 창업해보니 그동안 나는 신기루를 보고 있었구나 싶다. 사업 초반에는 내 일을 한다는 즐거움에 취해 창업전도사가 되어 만나는 사람마다 창업하라고 설파했다. 큰 산을 몇 번 넘고 높은 파도에 여러 차례 휩쓸려보니 처음에 얻었던 즐거움은 어려움으로 가려졌다. 이후로는 호밀밭의 파수꾼처럼 창업이라는 선을 넘지 못하게 뜯어말리는 일에 열과 성을 다했다. 지금은 창업이 가진 명암이 무엇인지, 일의 기쁨과 슬픔이 무엇인지 경험으로 체득한 생생한 조언을 토양 삼아 예비 창업자와 대화를 나눈다.

일은 늘 나를 따라다녔다. 사업을 해도 내 일이 있고 직장에 다녀도 내 일이 있다. 일은 똑같이 일이다. 누군가 내게 일을 왜 하느냐 묻는다면 일을 통해 얻는 것 때문이라고 대답하고 싶다. 일하고 얻는 것이 돈일 수도 있고 보람일 수도 있고 둘 다일 수도 있다. 일의 이유를 돈에서 찾는 사람은 남의 일을 해주고 있을 가능성이 높다. 반면에 일의 이유를 돈 이상의 가치에서 찾는 사람은 내 일을 하고 있다고 여긴다. 직장에 다녀도 일을 통해 가치를 찾고 보람을 느낀다면 이미 내 일을 하고 있다고 생각한다. 직장에선 내가 원하는 일을 하기보단 주어진 일을 해내야 하는 입장이다 보니 원하지 않는 일을 할 때가 많다. 그럴 때 내게 주어진 일에 가치를 부여하거나 의미를 찾으면 일을 좀 더 쉽게 받아들일 수 있는 것 같다. 그렇게 가치 있는 일을 해내면 가치 있는 사람이 된다고 믿는다. 내가 하는 일에서 가치를 찾아낼 줄 아는 사람은 사업을 해도 똑같은 방법으로 일한다. 내 일이 사람들에게 가치 있는 결과를 제공하면 사람들은 내 일을 필요로 하게 마련이다. 사람들은 돈으로 내 일의 가치를 구매한다. 반대로 일에서 가치를 찾아내지 못하는 사람은 사업에서도 돈을 좇아 일할 확률이 높아진다. 사업을 하지만 내가 원하는 일이 아닌 사람들이 요구하는 일에 쫓기는 사업자들을 적지 않게 목격하는 이유다.

'내 일'이란 책임감과 같은 말로도 읽힌다. 일은 성공이든 실패든 결과를 낳는다. 어떤 결과가 나오든 간에 결과를 받아들여야 하고 책임지는 자세를 지녀야 한다. 내 일을 한다는 게 선택에 대한 결과를 오롯이 책임지는 일이라 한다면, 사업은 일이 성공적인 결과를 끌어내도록 노력하는 태도가 더해진다. 일을 바라보는 관점이 달라진다고나 할까. 한 번 보고 말 일도 여러 번 보게 되고 다양한 각도로 관찰하면서 더 나은 방법은 없는지 모색하게 된다. 최소한의 비용으로 최대의 효율을 만들려는 노력이 바탕에 깔린다. 정보를 찾고 머리를 굴려가면서 올바른 결정을 위해 숙고한다. 그런 방식으로 최선을 다해 내 일을 하면 결과에 대한 보상도 다르다. 운이 따라 좋은 결과를 봤다면 일은 보람을 크게 체감시키고 적극적이고 진취적인 태도를 취하게 만든다. 혹여나 성공의 열매를 얻지 못했다 하더라도 경험적 자산을 남긴다. 이렇게 내 일이 반복되면 일을 통해 성장하는 기쁨을 누린다. 내가 성장할수록 회사도 성장한다.

일의 기쁨과 슬픔

가게를 운영하면서 하루에도 많은 문제가 발생했다. 화장실 변기 레버가 고장이 나고 출입문이 떨어져 나가거나 밤사이 누수로 1층까지 물이 홍수처럼 흘러내리는 등 지금껏 겪어보지 못한 크고 작은 일을 맞닥뜨렸다. 사업을 하면 처음 경험해보는 세상을 만나는데 낯선 여행지에서 홀로 길을 잃은 기분과 비슷하다. 길을 잃고 목적지를 찾아가는 일은 남에게 떠넘기거나 위탁할 수 있는 문제가 아니다. 오롯이 스스로 길을 찾아내야 한다. 어려움이 클수록 해결책을 찾아내는 과정도 순탄치 않다. 배움이란 해보지 않았던 것을 경험하는 일이고, 일이 얼마나 낯설게 다가오냐에 따라 배움의 크기도 달랐다. 문제를 해결한 뒤엔 해결하기 전과는 다른 사람이 되어 있었다. 일이 있는 주변은 늘 새로운 것투성이였다. 새로운 것을 알고 익숙해지도록 연습하는 것을 학습이라고 한다. 일을 통해 많은 학습을 이뤘다. 알게 된 것에 익숙해지도록 연습하니 능력이 생겼다. 할 줄 아는 게 생기는 내가 좋았다. 내 일은 하면 할수록 실력이 늘고, 늙어서도 할 수 있다는 사실에 매료되었다. 그러자 주변에 벌어지는 사소한 일이 더는 사소하지 않게 다가왔다. 사소한 것에서조차 얻는 지혜의 무게를 실감했다. 가볍게 넘어가도 될 일도 한 번 더 바라보는 습관은 감각의 촉수를 날카롭게 벼렸다. 하루에 벌어지는 다양한 일 속에 파묻혀 지금까지 내가 얻은 것은 적지 않은 경험의 자산이다. 내 일이 주는 기쁨은 이루 말할 수 없는 행복감을 안겨준다. 그 기쁨을 진정으로 만끽할 수 있었

작고 단단한 마음,

던 건 역설적으로 내 일의 슬픔도 오롯이 받아들였기에 가능했다.

노력한 만큼 결과가 뒤따른다면 좋으련만 세상은 그렇게 친절하지 않았다. 열심히 한 만큼 결과가 나온다면 세상은 성공한 사람들로 가득 차야 마땅한데 어찌 된 일인지 일부 사람만이 성취라는 과실을 얻는다. 열심히보다 잘해야 한다는 말은 꽤 씁쓸하게 다가온다. 지금껏 이룬 것을 보면서 이 모든 게 과연 우리가 잘했기 때문에 얻은 성취일까 돌이켜본다. 잘해내는 사람도 잘하지 못하는 단계를 거쳤을 테고 잘하는 사람이 되기 위해 열심히 노력하는 과정이 있었을 것이다. 매뉴팩트가 이룬 성취의 이면을 보면 전에 해보지 않았던 일을 시도했고 그 결과가 나올 때까지 성실하게 노력했다고 할 수 있다. 원두에 물을 붓고 기다리면 커피가 나오는 것처럼 결과가 빨리 나오면 좋겠지만, 일의 결과는 종류와 무게에 따라 시기를 달리했다. 어떤 일은 3일 만에 결과가 나오기도 하고 어떤 일은 3년이 지나도 결과를 얻지 못할 때도 있었다. 또 어떤 경우엔 복권에 당첨된 것처럼 시작과 동시에 대성공을 거두기도 해서 사업에 환상을 심어주는 일들도 발생한다. 하지만 그런 일은 역시나 복권 당첨처럼 좀처럼 일어나지 않는다. 내가 지금 하고 있는 일을 잘하고 있는 건지, 사람들의 반응이 있는 건지, 불확실성을 지닌 채 언제까지 해야 하는지, 안개 같은 상황에 놓여 있는 것. 그럼에도 묵묵히 해내야 하는 지난한 과정을 밟는 것. 이것이 일이 주는 어려움인 것 같다. 언제 걷힐지 모르는 안개 속에서 내 일을 해내려면 역설적이게도 내 일을 사랑해야 한다. 그렇게 묵묵히 경험을 쌓아 올리면 바람이 불고 안개는 걷힌다.

대부분의 일은 시도해서 성공이든 실패든 결과를 얻고, 또 시도하고 결과를 얻는 과정의 반복이다. 결과를 얻기까지 시간이 얼마나 걸리는가는 개개인에 따라 다르다. 재능이 있는 사람이 성실하기까지 하면 성공한다는 말을 믿는다. 재능은 개인이 타고난 능력인데 내게 무엇에 재능이 있는가를 발견하고 발굴한 재능을 성실하게 발달시키면 성공에 가까워진다고 생각한다. 재능 없는 사람이 성실하기만 하면 결과가 늦지만 재능이 없어도 성실함을 꾸준히 유지할 수만 있다면 제2의 천성을 가질 수 있다.

사업 초기엔 대부분 고전한다. 가게는 열었지만 손님은 눈길조차 주지 않는다. 하루 열두 시간 동안 문

작고 단단한 마음,

을 열어도 손가락으로 셀 수 있을 정도의 손님을 만나는 건 부지기수다. 가게를 해보니 손님이 있을 때 할 수 있는 일과 손님이 없어야 할 수 있는 일들이 있다. 손님이 있으면 준비한 것을 제공하고, 손님이 없으면 손님께 제공할 것을 준비하는 시간으로 사용했다. 매뉴팩트를 열고 1년 동안 한 일을 생각해보면 크게 생두를 볶고 커피를 테스트하고 디자인 작업을 하고 인테리어를 개보수했다. 공간을 손님으로 채운 시간보다 비운 시간이 더 많았다. 손님이 있으면 커피를 드릴 수 있어서 좋았고 손님이 없으면 해야 할 일을 할 수 있어서 좋았다. 물론 손님이 없으면 불안한 마음이 불쑥 찾아와 롤러코스터를 타듯 속이 울렁거리는 게 온종일 이어진 날도 수두룩했다. 걱정을 걱정한다고 해서 걱정이 없어지면 누구보다 잘할 자신이 있다. 걱정은 몰두할 대상과 해야 할 일을 찾아 행동으로 옮겼을 때 잠시나마 자리를 비웠다. 내 일은 누가 봐서 하는 것도 아니고 보지 않는다고 게으름 피울 것도 아니다. 내 일이고, 해야 할 일이니까 묵묵히 주어진 시간을 사용했다. 이제 와 생각해보면 손님이 없었던 초창기는 매뉴팩트에게 더할 나위 없이 소중한 시기였다. 커피와 디자인 그리고 인테리어하는 데 많은 시행착오를 겪을 수 있는 시간을 확보했기 때문이다. 매장이 바빠진다는 건 커피를 제외한 다른 부분에도 시간과 에너지를 사용해야 한다는 걸 의미한다. 가령 세금 관련한 업무로 숫자와 씨름하거나 수·발주 관리와 같은 업무에도 시간을 쓰고 공들여야 했다. 결과론적으로 보면 1년 차에 손님이 많지 않았던 시기를 잘 보냈기 때문에 이듬해부터 늘어난 손님을 잘 응대할 수 있었다. 노력하면 결과가 좋을 수도, 좋지 않을 수도 있다. 하지만 노력하지 않으면 좋은 결과는 나오지 않는다는 건 자명하다.

'내 일'이 가르쳐준 것들

2023년 11월, 카페쇼에 참여했다. 전년도보다 열기가 뜨겁다. 이번 카페쇼는 매뉴팩트 구성원들이 크게 수고했다. 구성원들에게 카페쇼를 경험케 하고 커피 시장의 흐름을 보여줄 생각으로 가급적 많은 직원을 참여시켰다. 덕분에 매뉴팩트 부스는 넉넉한 인원으로 좀 더 여유롭게 행사를 진행할 수 있었다. 커피는 직원들이 번갈아가며 내렸고 형과 나는 손님 한 분 한 분을 응대했다. 부스에 찾아온 거의 모든 손님과 인사하고 회사를 소개하고 커피를 드렸다. 저희 부스를 어떻게 알고 찾아오셨나요, 라고 빼먹지 않고 질문했고 일전에 도산공원점에 자주 갔었어요, 라는 반가운 대답이 있었다. 도산공원점은 2019년에 폐점했으니 폐점한 지 7년째 접어들었다. 여전히 그때의 기억을 환기해주는 손님이 있는 걸 보니 도산공원점은 꽤 인상적인 카페였다는 걸 부정하고 싶지 않다.

　　연희동 본점 매장을 개점한 지 3년 차인 2015년 8월에 두 번째 매장을 냈다. 꽤 이른 시점에 낸 분점이었다. 가게를 시작할 때만 해도 분점을 이렇게 빨리 낼 줄도 몰랐고 그게 신사동일 줄은 더더욱 몰랐다. 사람들이 기억하는 도산공원점은 박공 지붕살 사이 건물 내부로 비치는 햇살과 여러 커뮤널 테이블을 이어 붙인 긴 테이블과 통창으로 보이는 도산공원의 모습일 것 같다. 지붕을 덮지 않고 햇살이 빗살 무늬로 들어오게끔 설계된 지붕에선 해가 지나는 동선에 따라 햇살이 방향을 바꿨다. 여름엔 햇살로부터 피할 길이 없어 온실 같은 공간에서 일하기도 벅차고 커피를 마시기도 힘든 계절을 맞는다. 공간을 채운 사람들의 열기로 에어컨도 제 기능을 상실했다. 여름을 제외한 계절엔 햇빛 덕분에 따뜻하게 지낼 수 있어서 좋았다. 태양이 지나는 자리엔 빛과 그림자가 따랐고 구름의 양에 따라 햇살의 농담이 시시각각 바뀌는 걸 지켜보는 재미가 있었다. 매장 내부에 햇빛으로 그린 빗살 무늬 그림은 한 번도 똑같은 적이 없었다. 공원은 계절을 따라 색을 갈아입었다. 봄엔 벚꽃이 피었고 벚꽃잎만큼 손님도 많았다. 벚꽃 맛집이라는 소문이 돌면서 손님이 늘었고, 매년 4월 초부터 꽃잎이 떨어지는 열흘이 1년 중 가장 바쁜 시기가 되었다. 그도 그럴 것이 도산공원을 면한 커다란 통창에 가득 찬 꽃잎을 보고 있으면 꿈같은 상황에 넋을 잃고 바라보게 된다. 이 시기엔 가장 먼저 출근해 의자를 창 앞에 끌어놓고 앉아 벚나무를 독차지하는 호사를 누리곤 했다. 창문을 활짝 열어놓으면 바람이 쌩하고 불면서 벚꽃잎이 테이블 위로 흩날리는데 이때 들리는 사람들의 탄성은 이곳을 기억하게 만드는 봄의 소리다. 벚꽃이 진 자리엔 녹음이 짙어지고 선선한 바람이 불기 시작하면 잎사귀는 붉게 물든다. 겨울이 찾아와 온통 흰 눈으로 뒤덮인 공원을 보고 나면 그동안 내가 맞이해온 수많은 계절이 새삼스럽다. 통창을 통해 사진을 찍듯 1년마다 네 가지 색을 본다. 도산공원점에서 열여섯 번의 계절

작고 단단한 마음,

을 보내고 나니 각각의 계절이 얼마나 특별했었는지 깨닫고는 특정 계절을 편애했던 마음을 조금씩 나눠 모든 계절을 사랑하게 되었다.

도산공원점은 퀸마마 마켓 4층에 있었고 엘리베이터를 이용해 올라오는 손님들이 많았다. 엘리베이터 문이 열리면 시야를 가로지르는 기다란 커뮤널 테이블이 손님을 가장 먼저 맞이했다. 여덟 명이 둘러앉을 수 있는 큰 커뮤널 테이블이 다섯 개가 있었고, 다섯 개 커뮤널 테이블을 한 줄로 이어 붙이고 의자를 둘러놓으니 한 개의 커다란 커뮤널 테이블이 되었다. 테이블과 테이블의 구분을 없애자 손님은 섞였다. 손님 입장에선 모르는 사람끼리 테이블을 공유하는 경험이 낯설었겠지만 낯선 것을 쉽게 받아들일 수 있는 동네의 성격과 고객의 취향 덕분에 큰 저항 없이 해보고 싶은 걸 펼쳐볼 수 있었다.

도산공원점을 개점하고 나는 연희동에서 나왔다. 연희동 본점은 형에게 맡겨두고 도산공원점을 안정화하기 위해서 내린 필요한 결정이었다. 매장을 두 곳이나 운영해보는 건 처음이었고 두 번째 매장도 처음부터 다시 시작해야 했으니 모든 걸 쏟아붓는 심정은 마찬가지였다. 그나마 본점을 만들면서 얻은 경험 덕분에 장비 세팅이나 기물 구매와 같은 뼈대를 만드는 작업은 수월했다. 도산공원점은 60평 남짓한 규모였는데 처음에 직원 한 명만 데리고 시작했을 정도로 매장 운영에 대한 현실 감각은 턱없이 부족했다. 그럴 수밖에 없었던 이유는 본점을 오픈했을 때 손님이 없어서 고생했던 기억과, 당시에 도산공원점이 위치한 곳이 유동인구가 적기도 했고 카페가 4층에 있다는 장벽이 있어서 손님에 대한 기대가 적었기 때문이다. 내가 가진 시선의 높이가 본점에 맞춰져 있다 보니 도산공원점을 저평가하는 우를 범했다. 도산공원점에서도 연희동에서 하던 방식대로 한 잔씩 정성을 다해 커피를 내려 고객에게 제공했다.

신사동에 거주하거나 일하러 온 사람들에게 맛있는 커피를 합리적인 가격에 제공할 목적으로 도산공원점에 들어왔고 맛있는 커피를 만들기 위해 정성을 다했다. 연희동은 커피에 들인 공만큼 손님으로부터 돌아오는 반응이 즉각적이고 가게가 좁아 가까운 거리에서 가벼운 대화가 가능하다. 반면에 도산공원점은 넓은 면적 덕분에 손님을 잃어버리기 일쑤였고 말이라도 걸어볼까 하면 손님은 커피를 들고 어디론가 사라졌다. 커피

작고 단단한 마음,

를 마시는 손님의 표정으로 만족도를 재거나 직접 커피 맛이 어떤지 말해주는 손님들로부터 커피를 하는 보람을 가까스로 느꼈다. 도산공원점에서도 연희동에서 내리는 것처럼 정성을 다해 커피를 내렸지만 반응은 절반에도 미치지 못한 상황이 계속되었다. 손님이 늘어 커피를 내리는 양도 늘면서 커피 퀄리티는 등락을 거듭했고 정점과 저점의 낙차만큼 내 감정도 변화를 겪었다. 내가 기준으로 하는 커피 맛과 표현되는 커피 맛의 간극이 좀처럼 좁혀지지 않았다. 도산공원점은 본점과 모든 게 달랐다. 본점처럼 손님을 맞이하고 커피를 내리는 태도를 어느 정도는 내려놓아야 한다는 사실을 받아들이는 것이야말로 도산공원점을 운영하는 데 가장 어려운 일이었다.

동네마다 사람 사는 방식이 달랐다. 손님이 적으면 적은 대로 운영의 방식이 있고 많으면 많은 대로 운영의 방식을 가져가야 한다는 걸 알았다. 카페엔 쉬러 오는 사람들이 있고 커피가 필요해서 오는 사람들이 있다. 시간이 걸려도 마음에 드는 커피를 드려야 한다는 생각이 가장 중요해 때때로 가게를 비효율적으로 운영했다. 매장에 루틴이 생기자 커피 맛이 틀어지고 잡히고를 반복하면서 어느 정도 가닥이 잡혔다. 그러나 그 가닥이란 것도 커피를 종일 내리면서 얻게 된 경험칙 같은 것이어서 그것을 다른 직원에게 이식하기란 여간 어려운 일이 아니었다. 나를 복제해서 모든 걸 내가 다 하고 싶은 마음이 굴뚝같았다. 내 마음만큼 내가 하고 싶은 대로 할 수 없다는 사실을 받아들이는 것이 두 번째로 어려운 일이었다. 내가 세운 기준을 직원이 이어가기 위해선 교육이 필요했다. 커피를 하는 사람은 커피라는 언어를 사용하기 때문에 바에서 쓰는 기물부터 커피 추출에 필요한 용어까지 모든 언어를 가르쳤다. 더불어 매뉴팩트가 추구하는 방향을 설명하고 기준에 부합하는 커피가 나올 때까지 반복해서 주문했다. 직원들이 어느 정도 커피를 내리기 시작하고 언어가 통하기 시작하자 퀄리티를 높이 유지하면서도 속도감 있게 커피를 내보냈다. 일에 순서를 매기고 포지션을 부여해 각자 역할에 맞는 일들을 수행할 수 있도록 체계를 잡으니 더는 길게 늘어선 줄이 두렵지 않게 되었다.

　　도산공원점이 안정화가 되면 연희동으로 돌아가야지 하는 생각은 마음속에 항상 품고 있었다. 도산공원점은 퀸마마 마켓에 입점해 있다 보니 매장 운영에 따

　　　　　　　　작고 단단한 마음,

른 제약이 늘 마음에 걸렸다. 입점의 형식으로 매장을 운영한다면 필연적으로 감당해야 할 부담이다. 퀸마마 마켓은 라이프스타일 편집숍으로, 고객에게 취향을 판매하는 곳이었다. 이곳에 입점한 많은 브랜드가 있었고 개별 브랜드는 각자 고유한 이미지를 지니고 있었다. 한 공간에 모인 브랜드들이 각자의 색깔을 드러내려 한다면 공간은 알 수 없는 색감을 지니게 된다. 퀸마마 마켓이 고객에게 전달하고 싶은 색과 이미지를 전달하는 것을 기준으로 삼고 그에 부합하게 개별 브랜드는 이미지를 전달해야 한다. 혹여나 그 이미지가 다른 색과 섞인다 할지라도 말이다. 내가 하고자 하는 일이 분명하다면 본질을 감싼 껍질이 다른 색으로 채색되어도 그 브랜드는 크게 훼손되지 않는다. 이걸 깨닫는 데 4년이 걸렸다. 매뉴팩트 도산공원점은 본점과 많은 부분이 달랐지만 커피를 하는 이유는 같았다. 퀸마마 마켓에서 매뉴팩트의 색깔을 드러내기 위해 고군분투했던 일과 그럴 수 없게 제약을 받은 일 사이에서 얻게 된 경험은 앞으로도 잊지 못할 자산이 되었다. 브랜드가 모여 협업할 때 시너지가 발생하려면 브랜드마다 지닌 고유의 장점이 드러나야 하고 브랜드 간 장점들이 만나 새로운 장점을 낳아야 한다. 커피를 블렌딩하는 이유도 개별 커피가 갖는 장점을 모아 더 큰 장점을 기대할 수 있기 때문이다. 블렌딩의 목적은 커피 간 시너지다. 매뉴팩트 색깔을 드러내는 과정에서 퀸마마 마켓과 갈등을 겪기도 했다. 당시엔 그 갈등이 많은 에너지를 소모시켜 심적으로 힘든 날들을 보냈고 연희동으로 돌아가고 싶은 마음을 부채질했다. 결과적으로 보면 갈등을 겪고 봉합하고 또 다른 갈등이 반복되면서 서로를 알아가게 되었다. 갈등은 할 수 있는 것과 할 수 없는 것, 원하는 것과 원하지 않는 것이 서로에게 있음을 선명히 드러나게 해주었고 갈등을 봉합하는 과정에서 적정선을 유지하는 법을 깨달았다. 협업에 가장 중요한 건 서로에 대한 이해였고 이해는 대화를 통해서만 풀 수 있다는 지혜를 얻었다. 퀸마마 마켓 대표님이 건넨 대화의 손을 잡지 않았더라면 도산공원점의 결과는 지금과는 달랐을 것이다.

도산공원점에 들어온 이후로 연희동엔 한 달에 한 번씩 방문했다. 그러다 이내 발걸음을 끊었다. 연희동에서 시간을 보내고 도산공원에 돌아갈 적마다 느낀 외로움 때문이다. 나에게 친정과 시댁이 있다면 친정은 연희동이고 시댁은 도산공원점 같다고 농을 치기도 했

작고 단단한 마음,

다. 그만큼 도산공원점에서는 마음에 부담이 늘 얹힌 채로 커피를 했다. 연희동에 발걸음을 끊은 건 외로운 감정으로부터 자유로워지고 싶었고 그런 감정을 숨긴 채일하기엔 함께 일하는 직원들 볼 면이 서지 않았기 때문이다. 그 덕분이었는지 도산공원점에 전념할 수 있는 몸과 마음의 상태를 갖추게 되었고 내 커피 인생에 가장 값지고 빛나는 커피 생활을 했다. 커피에 푹 빠져 만 4년을 채웠고 다른 곳에 시선을 둘 한 톨의 마음조차 들지 않았다. 얼마나 깊게 커피와 매장에 빠져 살았는지 건강이 나빠지는 줄도 모르고 일했다. 대상포진을 진단받고 거북목 진단도 받았다. 이따금 찾아오는 허리통증까지 동반했다. 지금은 커피를 내리는 데 보내는 시간보다 노트북 화면을 보는 시간이 더 많다. 커피를 내리고 싶어도 내 역할을 생각하면 그럴 수 없는 처지이지만, 도산공원점에서 깊게 커피에 빠져본 경험 덕분에 커피를 못 내리는 아쉬움은 금세 사라진다.

길을 잃을수록 많은 길을 가볼 테니까

내방역 부근에서 매뉴팩트 세 번째 매장인 방배점을 4년간 운영했다. 2017년부터 2021년까지. 공들여 만든 직영점 문을 닫는 건 경험하고 싶지 않은 일 중 하나다. 특히나 인테리어를 직접 했을 경우엔 더욱 그렇다. 방배점은 연희동 본점과 비슷하게 주택이 밀집된 골목길에 자리를 잡았다. 연희동 본점을 운영한 노하우와 자신감을 방배점에 이식했다. 두 번째 직영점이었던 도산 공원점이 손님이 많던 시기라 방배점도 큰 기대를 품고 문을 열었다. 하지만 늘 그렇듯 기대와 예상은 보기 좋게 빗나갔다. 본점과 똑같은 원두를 쓰고 매뉴팩트에서 근무하는 직원이 내려주기 때문에 커피 맛은 본점과 다를 것이 없다. 다른 것이라곤 인테리어와 주변 환경이다. 연희동과 방배동에서 매뉴팩트라는 브랜드가 고객에게 받아들여지는 정도는 열탕과 냉탕 정도의 간극이었다. 당시는 매뉴팩트 브랜드를 운영하는 방침과 커피에 대한 고집이 가장 왕성했던 시기여서 고객이 필요로 하는 것을 제공하기보다는 매뉴팩트가 보여주고 싶은 것에 집중했다. 우리 것을 강조하고 보여주기 위해서 치러야 할 비용이 얼마가 들더라도 감당해낼 자신이 있던 시기였다. 그렇게 우리의 방식만을 고집한 채 몇 해를 더 보냈지만 한계를 넘어설 순 없었다.

　　내가 생각하는 커피가 고객에게 반응을 끌어내

지 못할 때, 우리가 매장을 통해 보여주고 싶은 가치가 희미해질 때쯤, 노력한다고 세상일이 다 잘되지 않는다는 사실을 깨달았다. 공들여 만든 노래가 시장의 반응을 얻지 못하고 차갑게 식어버리는 일과 흥행을 예고했던 영화가 상영한 지 얼마 지나지 않아 스크린에서 내려오는 일도 비일비재하다. 헤아려보면, 희대의 역작을 만들기 위해서 작곡하고 소설을 쓰는 사람보다 그냥 묵묵히 제 일을 하는 사람에게서 예상치 못한 좋은 작품이 나오는 것 같다. 결과를 순순히 받아들이고 실패에서 배울 점을 찾으면 다음 작품은 조금 더 나아질 가능성이 생긴다. 방배점을 4년 운영했지만 4년 전과 비교했을 때 결과가 크게 나아지지 않았다. 방배점을 성장시키기 위해 많은 직원이 이곳을 거쳐 갔지만 결과는 비슷했다. 방배점을 통해 가게의 입지가 얼마나 중요한지를 깨달았다. 가게를 둘러싼 환경에 따라 우리 색을 강요하기보다는 지역에 어울리는 색으로 옷을 바꿔 입어야 한다는 교훈을 얻었다. 또 직원 개인의 역량이 기대기보다 전략에 기대는 운영방식을 선택할 줄도 알아야 한다고 방배점은 가르쳐주었다.

처음 가보는 길은 누구나 길을 잃곤 한다. 내 경

우에는 뉴욕에서 한 번, 산에서 여러 번, 사업을 하면서 매번 헤매는 중이다. 길을 잃으면 온몸에 신경이 곤두서고 예민해진다. 익숙하고 안전한 곳으로 가기 위해 발버둥 친다. 길을 잃어보면 헤맸을 때의 동선이 고스란히 기억난다. 여행사가 짜준 코스로 여행하면 기억에 남는 게 별로 없는 이유다. 역설적이게도 길을 잃어볼수록 많은 길을 가볼 것이고 그만큼 더 알게 될 것이다. 헤매지 않으려고 발버둥 치기보다는 가끔은 엉뚱한 샛길로 들어가보는 용기도 필요하다. 발자국으로 인생이라는 지도를 그린다고 했을 때 다듬어진 길로 길잡이를 따라 고민 없이 걷는다면, 그 지도는 기껏해야 출발지에서 도착지까지의 하나의 길만 그려져 있을 것이다. 하지만 모든 선택의 순간을 내 손아귀에 쥐고 있을 때는 이야기가 다르다. 출발지에서 도착지까지의 여정은 수없이 많은 굴곡을 만들고 때론 돌아가기도 하며 막다른 길로 접어들기도 한다. 그리고 수없이 많은 발자취를 남긴다. 커피에서 나는 향은 햇빛과 비와 바람이 남긴 향이고 사람에게서 나는 향은 발자국이 남긴 향이다.

BREW SYSTEM

6장

바위를 움직이는 나비

매달 25일은 회사 급여일이다. 그날이 다가올수록 통장 잔고를 들여다보는 횟수가 는다. 급여일은 한 달, 30일 중 가장 빨리 돌아오는 날이다. 걱정하거나 안도하거나 둘 중 하나의 감정이 밀려 들어오는 날이기도 하다. 지난 십여 년 동안 100번 정도 급여를 직원에게 전달했는데, 급여를 주고 통장 잔고를 확인한 뒤 안도의 감정이 든 순간은 손가락으로 셀 수 있을 정도다. 아슬아슬했던 상황은 여러 번 있었지만, 다행스럽게도 급여가 밀렸던 적은 한 번도 없다. 돈을 빌려서라도 급여를 맞췄고 형과 내 급여를 건너뛰어서라도 직원 급여는 보냈다. 한 달 벌어서 한 달 생활하는 운영을 여태껏 유지해온 셈이다. 아직 안 망한 게 신기하다. 외줄타기하듯 위태롭게 운영해온 회사는 최근에 지독한 월급날을 몇 번 만났다. 적자 폭이 큰 성적표를 받았기 때문이다. 돈을 모아 직원 급여를 주고 나니 세금 낼 돈과 형과 내가 가져갈 급여가 없었다. 팬데믹이 끝나자 금리가 오르고 물가가 올랐다. 생두 값과 각종 비용이 증가했다. 사람들의 지갑이 얇아지자 거래처로부터 주문이 느슨해졌다. 매출과 비용 사이에 팽팽하던 균형이 비용 쪽으로 기울어졌다. "문제가 분명히 보이는군. 그럼 비용을 줄이고

작고 단단한 마음,

매출을 늘려봅시다"라고 외쳐본다 한들 상황은 쉽게 달라지지 않았다. 늪에 빠져 두 다리가 꽁꽁 묶인 것처럼 침체는 서서히 조여왔다. 긴 침체는 회사를 흔들었고 생계를 위협했다. 사람이 무력한 상황에 놓이면 심리적으로 위축된다. 그런 상태로 수개월을 보내면 정신뿐만 아니라 육체도 쇠퇴하기 시작한다.

대출을 신청했다. 2023년 새해 첫 번째 업무가 대출 신청이라니. 잘 운영되던 회사가 갑자기 부도나는 상황을 이해할 수 있었다. 돈은 피처럼 계속 돌지 않으면, 무언가에 막혀 흐름이 끊기면 회사도 사람도 죽기 마련이다. 회사를 살리려면 수혈이 필요했다. 기술보증기금에 대출 심사를 받기 위해 두꺼운 서류를 가지고 방문했다. 대출 없이 10년을 끌고 온 우리를 보고 담당자는 꽤 우호적으로 심사를 진행해주었다. 회사 석 달 치 매출에 해당하는 돈을 빌려왔다. 심사관이 대출을 더 해주겠다는 걸 손사래를 치며 사양했다. 태어나서 한 번도 이만한 돈을 빌려본 적이 없으니 통장에 들어온 큰돈을 보니 덜컥 겁부터 났다. 신중하게 사용하지 않으면 금세 사라질 것만 같았다. 쓸 생각과 갚을 생각이 교차해 마음이 어지러웠다. 자금을 충당했으니 이제 상황이 나아지겠지, 기대했다. 기대 심리는 두 달을 넘기지 못했다. 통장 잔고는 세금과 급여로 썰물처럼 빠져나갔다. 밑 빠진 독은 아무리 물을 채워봤자 새어 나가기 마련이다. 악순환의 고리를 끊으려면 독 자체를 바꿔야 했다.

침체에 빠지면 겪게 되는 일

우리를 둘러싼 환경이 변하고 수년간 해왔던 방식이 통하지 않는 순간이 찾아왔다. 나름 제 속도를 유지하며 항해하던 회사가 제자리걸음을 하기 시작했다. 아무리 노력해도 앞으로 나아가지 못하는 상황을 맞이한 것이다. 와중에 제 갈 길을 찾아 순항하는 주변 브랜드를 보면서 상대적으로 허한 감정을 느꼈다. 내가 이룬 것과 남이 이룬 것의 간극이 클수록 허기진 마음도 커졌다. 성장하고 싶다는 조급한 마음을 가진 채 일을 하니 높은 기대치에 못 미치는 결과들로 실망했다. 자존감은 자신을 객관적으로 어떻게 평가하는지 나타내는 감정이다. 객관적인 능력이 뛰어나면 자존감이 높고 능력이 부족하면 자존감이 낮다. 실망의 빈도수가 높아질수록 자존감은 떨어졌다. 뭘 해도 안 되는 상황이 반복되고 있었다. 아니, 늘 해왔던 일이 통하지 않는 상황이 반

작고 단단한 마음,

복되었다. 가슴에 큰 돌덩이가 얹힌 기분이 몇 주째 이어졌다. 기분은 나아지질 않고 웃음기가 사라졌다. 누워만 지내고 싶고 졸음이 쏟아지고 의욕이 없어졌다. 깊은 우물에 빠진 듯 어찌할 도리가 없는 무력감이 지속됐다. 힘든 일은 왜 한꺼번에 올까? 여전히 풀지 못한 난제다. 괜찮아질 거라는 위로의 말로 다독여도 좀처럼 나아지지 않는, 불안의 안개가 앞을 볼 수 없게 만들었다. 침체를 벗어나려면 어떻게 해야 하나 고민했다. 그냥 버티면 되는 건지 무엇이라도 도전해야 하는지 선택조차 어려웠다. 얼마나 버틸 수 있을까, 도전이 또 다른 실패를 만드는 건 아닐까, 이미 떨어진 자신감을 길어 올릴 자신조차 없었다. 해야 할 일이 눈앞에 명백한데 한 걸음을 뗄 수가 없었다. 마치 해발 5,000m 고지대에서 고산병에 걸려 한 걸음마다 헐떡이는 처지 같았다. 한 걸음이 이렇게 무거웠다. 그렇다. 나는 지쳐버렸다. 살면서 이렇게까지 소진해본 적이 없을 정도로 바닥을 경험했다. 바닥이라고 생각했던 지면 밑에는 다른 저층이 있었다. 그리고 그 아래는 또 다른 저층과 끝없는 저층이 나를 기다리고 있었다.

세포 하나하나가 날이 선 느낌이었다. 가벼운 농

담에도 예민하고 격렬하게 반응했다. 마치 들끓던 분노의 둑이 무너져 내린 것처럼 나를 자극하는 모든 것에 득달같이 달려들었다. 억누르고 봉했던 감정이 마음과 머리에 번졌다. 불안한 감정의 폭우가 긴 여름의 장마처럼 시커먼 먹구름을 드리운 채 나를 적셨다. 날카로운 신경과 불안한 생각과 닫혀버린 마음은 몇 달째 이어졌다. 내게 닥친 상황을 객관적으로 바라보는 것에서 멀어져 원인을 주변으로 돌리기 시작했다. 가까운 사람을 비난하고, 이 모든 결과가 내 선택에 의한 것이 아니라 주변에 의한 것이라고, 결과를 그대로 받아들이지 않고 부정했다. 내게 벌어진 상황을 회피하기 시작했다. 등본 하나 뗄 힘조차 없이 그저 도망치고만 싶었다. 모든 상황이 내게 쉬어야 할 때라고 신호를 보냈다.

내 손에 들려 있던 일을 멈추고 산으로 달음박질쳤다. 북한산, 검단산, 심학산 등 시야에 걸리는 산은 닥치는 대로 올랐다. 걷고 뛰고 몸을 움직여 땀을 흘렸다. K군으로부터 연락이 왔고 안부를 묻는 전화기에 대고 그간 쌓였던 감정을 토해냈다. 대화보다는 고해성사 같은 울부짖음이었다. 그와 나눈 30여 분의 시간 동안 묵혀두었던 감정을 배설하니 마음이 한결 가벼워졌다. 평

작고 단단한 마음,

소엔 글을 쓰거나 운동으로 스트레스를 해소해왔지만 이번만큼은 감당해낼 재간이 없었다. 가까운 사람과 감정을 나누는 것도 스트레스를 해결하는 방법이 될 수 있다는 걸 깨닫게 된 게 내가 얻은 이점이라면 이점이었다. 내게 침투하는 스트레스는 날마다 세력을 키웠다. 마음이 어지러울 때마다 몸을 움직이고 감정을 소비해야 했다. 마음을 닫으니 굳어지고 고립되어 시간이 흐를수록 벗어나기가 힘들어졌다.

보는 만큼 보이는 세상

검단산을 올랐을 때의 일이다. 산을 오르면서 이상하다는 생각이 멈추질 않았는데 흔한 푯말조차 없이 누군가가 밟고 올라간, 그렇게 만들어진 길을 따라 오르고 있었다. 이상한 줄 알면서도 올라온 길이 아까워 도로 내려가지 않겠다고 고집부렸다. 흔적을 따라 정상을 오르긴 했지만 올라가는 내내 내려갈 길이 걱정되는 등반이었다. 정상을 찍고 결국 내려가는 길에 길을 잃었다. 오르는 길이 험했으니 내려가는 길도 마찬가지였다. 지도 앱에 표시되는 방향만 잡고 누군가가 나무에 칠해놓은 표시를 길잡이 삼아 내려갔다. 나무에 칠해놓은 표시는 앞선 누군가도 나처럼 길을 헤맸다는 의미이자 길 잃을 사람을 위해 건넨 호의다. 나무가 울창하여 그늘진, 인적이 드문, 까마귀가 주변을 맴도는, 경사가 급격한 길을 따라 내려갔다. 검단산을 올라야겠다고 결심한 이유는 머릿속에 떠다니는 불안의 요소를 없애야겠다는 생각에서였다. 이왕 갈 거면 한 번도 가보지 않았던 산과 익숙하지 않은 등산로를 가보자 했다. 길을 잃으면 더 좋겠다고 생각했다. 생각한 대로 이뤄져 당황하긴 했지만 길을 잃어 길을 찾은 셈이다. 산에서 길을 잃고 헤매자 잡다한 생각들은 탄산처럼 사라졌다. 내가 걷는 오솔길과 나무에 묻은 흔적을 쫓아 가용할 수 있는 모든 신경을 깨웠다. 내게 남겨진 유일한 고민은 이 산을 안전하게 내려가는 일뿐이었다. 마치 지난여름, 제주도 김녕 바닷가에서 다이빙했을 때의 심정이랄까.

바다 수영을 할 줄 모르고 다이빙을 처음 해보는 사람에게 다이빙은 어려운 숙제다. 바다에 뛰어들면 한없이 가라앉을 것만 같은 두려움에 잠기고 내 키보다 높은 곳에서, 의지할 것 없이, 맨 몸을 던지는 일은 생각만큼 쉽지 않았다. 자유로움을 만끽하기 위해 돌 위에 섰지만 다이빙은 자유의 대가로 큰 용기를 요구했다. 다

작고 단단한 마음,

이빙하기 위해 돌 위에 오르면 용기 있게 뛰어들 것인가 짐을 싸서 돌아갈 것인가 정도의 문제만 남는다. 다른 걱정들은 바다 저 밑으로 침잠한다. 내 감정을 허락 없이 점거한 대부분의 걱정이 이토록 보잘것없는 것인 줄 알았더라면 마음을 좀 아껴 쓸 걸 그랬다. 우리가 마음을 쓰는 대부분의 걱정이란 얼마나 허망한가. 이로써 걱정의 실체가 드러났다. 해는 뜨고 해는 진다. 세상은 흔들림 없이 똑같이 흘러간다. 흔들리는 건 오직 내 마음뿐이었다. 어른이 된 이후부터는 세상 살아가는 일이 쉽다고 생각한 적이 한 번도 없었지만 유독 요즘이 힘들다고 느끼는 건 내 마음의 근육이 약해졌기 때문이었다. 세상은 나를 중심으로 돌아가고 내가 보는 바대로 세상은 읽힌다. 긍정의 눈으로 사물을 바라보면 세상은 아름다운 것으로 가득하다. 부정의 눈으로 세상을 바라보면 바람에 흔들리는 들꽃조차 내 마음을 흔든다.

책을 한창 쓰고 있던 2023년도는 회사와 나 모두에게 혼돈의 시기였다. 그 혼돈의 시작은 2022년도로 거슬러 올라간다. 혼란한 상황을 위기로 인식하지 못하고 '이 또한 지나가리라'라는 경험칙과 특유의 낙관주의가 힘을 보태 회사의 상황을 어렵게 만들었다. 우리는 위기를 만날 적마다 헤쳐나왔던 방법을 고수했다. 늘 해오던 대로 내부 결속을 다졌다. 하지만 내부 결속만으론 문제를 해결할 수 없다는 걸 여러 달을 흘려보내고 깨달았다. 과거에 거쳤던 위기가 잠시 앓고 가는 감기 같은 거였다면 이번에 맞이한 어려움은 코로나에 버금갈 정도로 위태로웠다. 금리의 상승은 각종 비용의 증가로 재정난을 키웠고 기후변화로 생두 값이 치솟아 원재료 비용이 상승했다. 지난 10년간 마이크로 로스터리가 폭발적으로 증가했다. 납품사업을 전개하는 로스터리의 증가로 경쟁은 갈수록 치열해졌다. 커피 문화를 둘러싼 외부환경은 더 이상 우리 편이 아니었다. 순풍이 멎고 역풍이 거세게 불기 시작했다. 배가 거꾸로 간다는 걸 깨달았을 때는 이미 늦어버렸다. 우리는 왜 이 지경이 되도록 상황을 인지하지 못했을까. 위기를 헤쳐나가는 노하우가 있다고 착각한 데서 비롯한 건 아닐까. 혹은 내가 알고 있는 것이 알아야 할 것을 가리고 있었던 건 아닐까. 과거에 먹혔던 전술이 이제는 통하지 않는, 새 시대로 접어든 현대판 축구 같았다. 새로운 환경엔 새로운 전술이 필요했다.

작고 단단한 마음,

한계와 그 너머에 있는 것

지난 10년간 회사를 운영하면서 시선의 방향은 줄곧 내부를 향해 있었다. 커피를 볶고 커피를 내리고 매장을 관리하는 일상을 반복했다. 커피에 집중하고 퀄리티를 높이는 데 총력을 다했다. 매뉴팩트라는 작은 사회에서 우리만의 방식으로 우리가 할 수 있는 일을 했다. 커피를 볶고 내리는 일은 우리가 가장 잘하는 일이고 또 유일하게 할 수 있는 일이었다. 이렇게 업력을 쌓으면 사업이 점차 쉬워질 거라 믿었다. 그 믿음에 균열이 가기 시작했고 내가 굳게 믿었던 세계가 흔들렸다. 회사를 살리는 방법을 찾고자 쥐 잡듯 뒤졌으나 새로운 것, 신선한 것은 내부에서 찾을 수 없었다. 신선한 바람은 창을 열어 내부로 들여야 하고 깨끗한 물은 둑을 열어 흐르게 해야 한다. 애초에 해답은 울타리 밖에 있었는지도 모른다. 매뉴팩트가 어디에 있는지 객관적으로 바라보기 위해서는 매뉴팩트 바깥에서 바라봐야 했다. 사람과 브랜드 그리고 기회를 만나는 건 울타리 안에서도 가능하다. 그러나 울타리 바깥이야말로 더 많은 사람과 브랜드, 그리고 기회가 있었고 영감을 얻고 자극을 받는 대부분은 바깥에 있었다. 닫힌 세계란 내부적인 활동을 말하고 열린 세계란 외부적인 활동을 말한다. 내부적인 활동은 우리가 하는 일을 통해 사람들이 매뉴팩트로 들어오는 활동을 말하며, 외부적인 활동은 사람들을 만나러 우리가 매뉴팩트 밖으로 나가서 행하는 활동이다.

지난 10년간 닫힌 세계 위주로 살았고 지금은 열린 세계를 겪고 있다. 닫힌 세계에서 살아본 것은 회사에도 개인에게도 행운이었다고 생각한다. 브랜드가 10년 정도를 좌고우면하지 않고 우리가 생각하는 커피를 하면서 깊게 뿌리내리는 데에만 집중할 수 있었기 때문이다. 그 덕에 고객이 매뉴팩트를 인지하고 있는, 커피를 향한 올곧은 이미지가 형성될 수 있었다. 또한 닫힌 세계에서 우리에게 주어진 자원과 역량을 쏟아부어 한계를 마주할 때까지 해볼 수 있는 걸 다 해본 경험은 성장이라는 과실을 남겼다. 그리고 그 너머를 볼 수 있는 계기가 되었다는 것도 큰 이점이 되었다. 옴짝달싹할 수 없는 한계에 다다른다는 건 기존에 해왔던 방식이 더는 통하지 않는다는 의미이다. 관성 때문에 유지해오던 방식을 바꾸는 데는 큰 힘이 요구된다. 바위는 가만히 있으려 하고 물은 쉬지 않고 흐르려 한다. 바위는 바위대로, 물은 물대로 있으려는 힘을 관성이라 한다. 바위가

작고 단단한 마음,

움직이려면 바위보다 더 큰 힘을 가진 크레인으로 들어야 하고, 흐르는 물을 멈추려면 거대한 콘크리트 댐이 있어야 한다. 관성보다 더 큰 힘만이 관성을 이길 수 있다. 회사가 한계에 봉착하는 건 세상에 나온 브랜드가 필연적으로 감내해야만 하는 자연스러운 이치라고 여긴다. 한계를 넘어 다음으로 넘어가는 브랜드가 있고 한계에 발목을 잡혀 생을 마감하는 브랜드도 있다. 고치를 뚫고 나온 나비는 더 이상 기지 않고 날갯짓한다. 자연스러운 이치다.

변하되 변하지 않는 마음

회사가 어려운 상황을 맞이하면 좋은 점도 있다. 회사에 잔재했던 문제들이 한꺼번에 수면 위로 드러나기 때문이다. 그간 놓치고 있었던 부분과 해야 했던 일이 무엇인지 바라보게 된다. 일은 밀린 숙제처럼 미룰 수 없는 지경에 이르면 해결하고 넘어갈 수밖에 없다. 보따리를 풀어 눈앞에 산적한 숙제를 바라봤다. 하나하나가 시간과 돈과 사람을 필요로 하는 문제였다. 결국 우리가 할 수 있는 유일한 일은 문제를 하나씩 풀어나가는 일이었다. 우선 조직구조를 개편했다. 생산팀과 매장팀을 나누고 팀마다 매니저를 세워 매니저를 중심으로 조직을 운영했다. 팀에서 발생하는 문제는 매니저와 팀원이 원인 분석부터 해결까지 할 수 있도록 책임과 권한을 부여했다. 팀이 능동적으로 매장을 운영 관리할 수 있는 틀을 마련했다. 매니저에게 팀별 과제를 주고 성과를 확인했다.

과거의 운영방식과 가장 큰 차이는 성과에 대한 요구였다. 그간 많은 직원이 매뉴팩트를 거쳐 갔다. 회사를 그만두는 이유를 살펴보면 내 가게를 하거나 다른 회사에서 경험을 쌓거나 커피를 그만두거나였다. 다른 환경에서 커피를 하기 위해 회사를 그만두는 거라면, 사실 커피는 어느 브랜드에서 일하건 추출과 운영방식이 비슷하다. 물론 깊이를 만드는 건 각자의 노력에 의존하지만, 커피를 배우고 싶거나 경험이 필요한 사람은 커피를 다루는 모든 브랜드에서 배우고 익힐 수 있다. 커피를 어느 정도 알게 된 이후부터는 커피로 무엇을 더 배울 수 있느냐에 대한 문제로 넘어간다. 한 1년 정도 바에서 제대로 근무하면 커피를 내리는 노하우가 생긴다. 3년 정도 지나면 커피는 익숙해지고 때론 매너리즘에 빠지기도 한다. 3년 정도면 커피 종류도 많이 다뤄봤고

작고 단단한 마음,

매장 운영도 경험이 쌓인다. 새로운 경험에 목마르게 되면 이직을 준비한다. 새로운 경험을 위해 스스로 환경을 바꾸는 건 전혀 이상한 일이 아니다. 다만 회사에서 새로운 경험을 할 수 있도록 환경을 조성해주는가는 다른 이야기이다. 이전에는 직원의 상태를 방치했다면 지금은 직원이 접해볼 만한 새로운 기회를 많이 만들려고 한다. 앞서 말했던 성과에 대한 요구는 결과를 요구한다는 다른 말이다. 결과는 득과 실을 떠나 그 일이 내게 무엇을 남겼는가로 정의할 수 있다. 내 손으로 일을 만들고 결과를 보는 일은 일하는 주체에겐 매우 중요한 프로세스다. 일을 만들어내는 과정은 가보지 않은 길을 가는 것과 비슷하다. 익숙하지 않은 일은 어색하고 부담을 얻기 쉽다. 하지만 그 과정을 넘어 문제를 해결하고 결과를 보면 무언가 몸속에 남게 된다. 경험 혹은 성장이라고 표현할 수 있겠다. 일을 하기 전과는 다른 사람이 되어 있는 상태다.

직원에게 경험을 심어주기 위해선 회사가 변해야 했다. 그리고 회사가 변하려면 회사를 만든 사람도 변해야 했다. 지난 10년간 변함없이 회사를 운영해온 사람이 변화해야 한다고 울부짖는 걸 보면, 회사와 개인에게 직면한 외부 충격의 크기가 어떨지 대충 짐작할 수 있다. 관성보다 더 큰 외부 충격이었던 것이다. 절박한 욕구가 배 속 깊은 곳에서 솟구쳤다. 창업하기 전에 가장 먼저 한 일은 비전선언문을 쓴 일이었다. 비전선언문에 매뉴팩트가 추구하는 비전과 철학, 그리고 핵심 목표를 적어 회사가 나아갈 방향을 제시했다. 부모님을 소파에 모시고 PPT로 사업계획서와 함께 프레젠테이션했던 그 비전선언문이다. 10년 전에 작성한 비전선언문을 꺼내 다시 읽어보니 신기하게도 적힌 대로 이뤄진 것도 있었고 진행 중인 것도 있었다. 원문을 수정해 앞으로의 10년에 이루고 싶은, 회사가 나아갈 방향을 수정했다. 직원과 면담하고 회사가 가고자 하는 방향을 설명했다. 그들이 따라주지 않고서 회사가 어떻게 방향을 바꿀 수 있단 말인가. 회사 구성원이 체감하는 위기는 내가 겪는 위기의 질감과는 전적으로 다르다. 구성원들은 내가 하는 말을 머리로 이해할 수 있겠지만 가슴으론 느낄 수가 없었다. 이건 내가 구성원들의 마음을 가슴으로 헤아리기 어려운 부분과 닮았다. 회사가 앞으로 가고자 하는 방향대로 직원에게 성과를 요구했다.

그런데 전혀 예상하지 못했던 일 중 하나는 변화

작고 단단한 마음,

를 수용하지 못하는 직원이 하나둘 회사를 떠나기 시작했다는 것이다. 변화가 시작되면 가장 먼저 사람이 바뀐다. 변화를 수용하여 나아가는 사람과 변화를 거부하여 나가는 사람이 있다. 지금까지 매뉴팩트를 운영하면서 직원들의 이탈을 많이 경험했는데, 자세히 살펴보면 그 중심엔 변화의 조짐이 있었다. 어떤 조직이든 변화를 갈구하는 자와 안정을 추구하는 자가 있다. 회사가 추구하는 방향에 따라 어느 쪽이든 직원의 이탈은 막을 수 없다. 회사가 변화를 원하는 쪽인지 안정을 추구하는 쪽인지에 따라 성향이 맞는 직원과 함께 갈 뿐이다. 보통 회사가 흔들리면 이직률은 높아진다. 몸담은 곳이 어려워지면 떠날 마음이 있던 사람에겐 그 마음에 속도가 붙는다. 물론 내가 원한 성과에 대한 부담 때문에 그만두는 직원도 있었을 것이다. 직원에게 새로운 일에 익숙해질 만큼 시간적인 여유를 주지 못했다. 회사도 여유를 갖기엔 녹록지 않은 상황이었음을 설명했지만 충분치 않았으리라. 회사가 기존의 방식으로부터 변화하려면 직원들의 도움 없이는 불가능했다. 엎친 데 덮친 격으로 여러 달 동안 구성원의 절반 정도가 퇴사했다. 회사를 떠나는 직원의 선택을 머리로는 이해하면서도 마음으론 야속해했다. 한 직원은 매뉴팩트가 가진 기존 철학과 커피만 바라보는 고집스러운 운영방식이 마음에 들어 입사했다는 말을 남기고 회사를 떠났다. 변하되 변하지 않는 마음을 간직하겠다는 초창기 다짐을 되새겼다.

새로운 직원을 채용할 때는 매뉴팩트가 가고자 하는 방향에 동의하는 직원들로 채웠다. 직원의 이탈은 변화의 동력을 상실시켰고 새 구성원이 회사에 적응하고 자리를 잡는 데까지 다시 수개월이 걸렸다. 내가 구상했던 여러 계획은 실행으로 옮겨지지 못했고 보류됐다. 남은 직원과 새로운 직원으로 조직을 개편하고 회사가 나아갈 방향을 구체화하고 명확하게 제시했다. 성과를 요구했고 다양한 일을 경험할 수 있는 환경을 조성했다. 그렇게 8개월의 시간을 보내고 역풍에 뒤로만 밀리던 배가 기어코 멈추어 섰다. 거센 바람에도 밀리지 않을 정도로 동력이 생겼다. 매뉴팩트 구성원은 맡은 바 역할을 해내기 시작했다. 순풍에 의존하던 버릇은 버렸다.

변화의 시작은 한 걸음부터

2024년 1월 14일 일요일. '베르크Werk'와 행사를 하기로 한 날이다. 하늘이 흐리다. 토요일 영업을 마친 뒤 행사 준비를 하는 바람에 아침 일찍부터 분주했다. 현관에 포스터를 붙이고 메뉴판은 행사용으로 바꿨다. 원두를 진열하고 콜드브루를 냉장고에 넣는데 현관 종소리가 딸랑거린다. 베르크 팀이 도착했다. 두 달 만에 만난 반가운 얼굴이다. 매뉴팩트와 베르크 팀원 소개를 마치고 서둘러 커피 세팅에 들어갔다. 행사 시작까지 30분밖에 남지 않았다. 행사 시간보다 일찍 온 손님들이 현관 앞에서 기다리고 있었다. 매뉴팩트와 베르크는 앞서 출시한 겨울 시즌 블렌딩으로 커피 메뉴를 구성했다. 이번 행사에서는 특별하게 매뉴팩트 루돌프 커피 한 잔과 베르크 산타베이비 커피 한 잔을 함께 제공했다. 마실 것과 곁들일 게 있으면 좋겠기에 '플라워 아티장 베이커리*Flour Artisan Bakery*'에 부탁해 바게트를 공수했다. '잼팟*Jampot*'의 도움으로 바게트와 어울리는 잼도 준비했다. 플라워 아티장 베이커리의 운영을 돕는 분과 잼팟의 운영자는 매뉴팩트의 오랜 손님이었다. 시간이 지나 브랜드로 만나 도움을 받으니 감회가 새로웠다. 잼과 바게트는 행사에서 감초 역할을 톡톡히 해냈다. 스탠딩으로 행사를 진행했는데 커뮤널 테이블에 빵과 잼을 중심으로 사람들이 모였다. 빵과 잼이 맛있었다는 후기가 한동안 들려왔다. 사람들은 커피를 마시고 빵을 곁들이면서 공간을 즐겼다. 시간이 지나면서 손님은 점점 늘어나 비집고 들어갈 공간이 없을 정도로 가득 찼다. 바에서 매뉴팩트와 베르크 바리스타는 분주하게 커피를 내렸다. 베르크 팀원의 얼굴에서 미소가 사라지지 않는다. 그들은 바빠질수록 텐션이 높아졌다. 그 파동이 일렁이며 공간 내부로 번졌다. 손님은 커피잔을 둘 공간만 있다면 삼삼오오 모여 대화를 나눴다. 수증기를 잔뜩 머금은 구름은 결국 빗방울을 털어내기 시작했다. 창밖이 어두워지자 오렌지빛 실내조명이 밝아지고, 실내는 사람의 온기로 훈훈했다. 그라인더가 커피콩을 갈아냈다. 잔이 소서에 부딪히고 스푼이 짤랑거리는 소리가 경쾌했다. 대화와 웃음소리가 끊이질 않고 음악은 배경음으로 낮게 깔렸다. 창밖의 빗소리는 화음이었다.

행사 시작 전 연희동을 돌며 '비전 스트롤*Vision Stroll*', '다크 에디션*Dark Edition*', '룩백 커피*Lookback Coffee*', '프로토콜*Protokoll*', '로우키*Lowkey*', '디폴트 밸류*Default Value*', '커피가게 동경*Coffee Shop Dongkyung*', '더 반*The Barn*' 사장님들을 만나 뵈었다. 이번 행사의 취지를 설명하고 방문해주십사 인사했다. 초대했던 분들 대부분을 매장에서 다

작고 단단한 마음,

시 만나 뵈었다. 대화하고 대화하고, 대화했다. 목에서 쉿소리가 났다. 지금의 연희동을 만든 사람들을 베르크 대표님에게 소개할 수 있어서 얼마나 다행이었는지 모른다. 고마운 순간이었다. 베르크에게 많은 분을 소개하자는 의도와 달리, 역설적이게도, 매뉴팩트는 베르크를 통해 소중한 분들과 만나 대화를 나눌 기회를 얻었다. 서필훈 대표와 심재범 작가 그리고 조원진 작가 등, 그간 연이 닿지 않아 만나기 어려웠던 분들을 만나게 되고 짧게나마 근황을 나눌 수 있었다. 이번 행사가 낳은 가장 큰 수확이기도 했다. 계기만 적절하다면 만날 사람은 언젠간 만나게 된다는 생각을 얻었다. 그 계기를 우리가 능동적으로 만들었다는 사실이 나를 기쁘게 했다. 행사가 끝나고도 여운이 한참이나 길었다.

매뉴팩트 구성원이 모인 자리에서 베르크와의 협업 이야기가 나왔을 때가 2023년 추석쯤이었으니, 약 5개월의 시간을 거쳐 협업이 성사되었다. 로스터리와 로스터리가 만나 협업한다. 어색하기도 하고 한 번도 보지 못한 조합이라 생소하다. 그런데 해보지 않고는 모르겠는, 잘 모르겠지만 끌리는 무언가가 내 안에 소화되지 않은 채 얹혀 있었다. 베르크에게 협업해보자는 말을 던졌고 꼭 해야겠다는 오기가 발동한 건 변하고 싶다는 의지에서 촉발했다. 그간 내게 켜켜이 쌓인 변화에 대한 갈증과 지독한 답답함으로부터 벗어날 탈출구가 필요했다. 카페쇼를 마치고 본격적으로 협업의 물꼬가 트인 건 베르크를 만나러 부산에 가면서부터다. 베르크 쇼룸에서 송 대표님과 만나 진지한 대화를 나눈 이후에 협업의 내용을 구체화했다.

로스터리 간 협업이 과연 효과가 있을까 하는 주변의 우려가 있었다는 사실을 고백한다. 그럼에도 불구하고 협업을 추진했고 최선을 다해 준비했기에 어떤 결과도 담담히 받아들일 생각이었다. 이 협업이 내게 남긴건 시도해보기 전까진 결과를 알 수 없다는 것과 해봐야겠다고 마음먹은 일은 결과에 상관없이 행동으로 옮겨야 한다는 것이다. 행사의 여운이 꽤 길었던 이유는 이를 시작으로 앞으로 어떤 형태의 협업이 우리 앞에 펼쳐질지 알 수 없었기 때문이다. 협업을 통해 여러 연결고리가 생기고 그 인연이 어떤 결과로 열매를 맺을지는 아무도 모른다. 베르크 행사가 내게 남긴 것은 또 있다. 스스로 변화를 일으키는 방법을 배웠다. 행사를 준비하면서 나는 이미 성공을 거둔 셈인데 행사를 제안하고 준

작고 단단한 마음,

비하는 과정에서 내적 변화를 이뤄냈기 때문이다. 지난 시간 동안 고착되어 온 관성에서 벗어나 스스로 새로운 영역에서, 한 번도 해보지 않았던 일을 시도해볼 기회를 얻은 셈이다. 늘 해왔던 방식으로는 비슷한 결과를 얻을 확률이 높다. 다른 결과를 얻으려면 다른 방식이 필요하다. 한 번도 해보지 않았던 영역에 발을 들이면, 이후에 걸음들은 모두 처음일 테니 모든 게 새로운 경험이다. 베르크와 행사를 준비한 여정은 즐거움 그 자체였다. 설레는 마음을 안고 여정을 시작했고 그 과정은 즐거움과 어려움의 고비를 넘나들었다. 내가 생각하는 여행의 본질은 한 번도 경험해보지 않은 미지로의 세상으로 나를 던지는 일이다. 사업의 본질도 새로운 일에 대한 도전, 영역에 대한 진출, 필요한 경험을 획득하는 일이다. 여행하듯 사업하면 그만큼 얻고 성장한다. 혼자 하는 여행도 좋지만 여럿이 함께하는 여행은 더 좋다. 맛있는 음식도, 훌륭한 경치도, 멋진 경험도 추억을 나눌 사람이 있어야 빛난다. 추억은 나눌 사람이 많을수록 좋다.

시선을 돌리면 비로소 보이는 것들

책상에 앉아 '자, 이제부터 공부를 해보자' 하고

마음을 먹고 나면 정리되지 않은 책과 필기구 같은 것이 눈에 들어온다. 책상을 정리하면 책장이, 책장을 정리하다 보면 방을 청소하고는 침대에 누워 잠이 들곤 했다. 도미노 하나가 쓰러지면 다음 도미노가 넘어가듯 물꼬가 트인다는 표현도 비슷해 보인다. 매뉴팩트 추출 도구 레시피를 잡을 때의 일이다. 매뉴팩트에서는 고객이 원두를 구매하면 요청에 따라 분쇄를 해드리는데, 추출 도구별로 여섯 가지 타입으로 분쇄한다. 핸드드립부터 에스프레소까지 커피를 내려 마시는 취향은 저마다 다르다. 요즘은 집에서도 커피전문점에 버금갈 만큼 디테일하게 추출하는 사람이 늘고 있다. 시대의 흐름에 맞춰 추출 도구 레시피를 재정립할 필요가 있었다. 지점별로 추출 도구를 지정하여 매뉴팩트 원두에 최적화된 레시피를 산출했다. 레시피는 영상으로도 제작되어 홈페이지와 인스타그램에 공유했다. 과거보다 커피를 직접 내려 마시는 사람이 늘었고 고객에게 도움이 되고 싶었다. 분쇄입도나 추출 시간 또는 물 온도 같은 몇 가지 주의사항만 참고해도 커피는 다른 결과를 만들어낸다. 가정용 에스프레소머신으로 추출 레시피를 만들고 싶어서 '브레빌Breville' 측에 협업을 요청했다. 브레빌에서 에

작고 단단한 마음,

스프레소머신 BES870을 보냈고 매뉴팩트는 가정용 에스프레소머신으로 가게에서 마시는 커피와 가깝게 레시피를 잡았다. 직원들과 여러 테스트를 하면서, 브레빌 에스프레소머신의 성능이 우수하다고 판단했다. 가정용 에스프레소머신으로도 더블리스트레토 추출이 가능했고 아이스 플랫화이트가 표현되었기 때문이다. 레시피를 잡은 김에 추출과 관련한 세미나를 열어 간단한 커피 이론과 머신 사용법 그리고 추출 시연을 진행했다. 역으로 브레빌 측에선 달마다 진행하는 원두 프로모션 행사로 매뉴팩트를 선정해 머신 구매 고객에게 원두를 제공했다. 한 브랜드와도 다양한 협업을 진행할 수 있다는 걸 알게 되었고 시너지를 만들어낼 수 있었다.

집에서 커피를 내려 마실 수 있는 추출 도구 레시피를 정립하니 집 밖에서 커피를 내리는 방법도 정리할 필요가 있었다. 하이킹 문화를 선도하는 '베러위켄드 *Better Weekend*'와 함께 산에서 커피를 마시는 방법을 주제로 영상과 콘텐츠를 만들었다. 열악한 환경에서 커피를 추출해야 하는 흥미로운 작업이었다. 나아가 OTT*On the Trail*, 트레일 러닝, 하이킹 등 베러위켄드와 다양한 아웃도어 행사를 진행하면서 외부에서 커피가 필요한 상황에 적합한 커피를 서브했다. 사람이 모여 많은 양의 커피를 제공해야 하는 상황과 빠르게 커피를 제공해야 하는 상황 그리고 야트막한 오름을 걷고 천천히 커피를 내려 마실 수 있는 상황에 맞게 커피를 설계했다. 그밖에 크고 작은 플리마켓 행사에 참여하여 고객과 만나는 접점을 늘렸다. 열린 세계를 경험하기로 했고 시선을 외부로 두기로 마음을 먹으니 비로소 눈에 보이는 것들이 있었다. 이제 내게 남겨진 또 다른 과제는 우리를 바라보는 외부의 시선을 매뉴팩트 내부로 향하게 만드는 일이다.

　　　장사란 음식을 맛있게 만들어 손님이 오기를 기다리는 거라면, 사업은 우리 음식이 왜 맛있는지 고객에게 설명하고 경험시키는 것이다. 외부활동을 전개한다는 건 손님이 찾아오기를 기다리는 자세에서 벗어나 커피를 가지고 소비자를 찾아가 커피를 알리고 경험시키고 관심을 유도하는 활동을 하겠다는 의미다. 매뉴팩트를 경험하는 사람이 많아질수록 매장을 방문하는 사람이 늘 것이고 온라인 플랫폼을 통해 우리 커피를 접하는 고객이 늘 것이다. 우리 커피를 사용해서 매장을 운영하는 가게가 늘어날 것도 분명해 보인다. 연세대학교

　　　　　작고 단단한 마음,

김형석 교수는 《김형석의 인생문답》에서 말했다. "일의 가치를 찾아서 일하니까, 그 일이 또 다른 일을 만들고 그 일이 또 다른 일을 만드니까 일이 일을 더 많이 만들게 되었어요. 그러니까 수입도 돈을 위해서 일할 때보다는 일을 위해 일할 때가 더 올라갔어요. … 일의 목적을 소유에 둔 사람은 모든 걸 잃어버리지만 다른 사람과 더불어 함께 얻은 것에 둔 사람은 영원한 기쁨을 얻게 됩니다." 가슴에 품고 사는 문장인데, 최근에 이 말의 무게를 체감하는 것 같아 기쁘다. 외부활동을 하면서 가장 중요하게 생각한 가치는 '매뉴팩트가 사람 또는 브랜드에 어떤 도움을 제공할 수 있는가'였다. 우리 활동이 고객에게 어떤 효용을 제공하는가. 우리가 사람들과 사회에 무엇을 기여하는지가 가장 중요하다. 고객에게 도움이 되는 가치 중심으로 활동을 하니 활동이 활동을 낳는 경험을 한다.

2024년 한 해에 많은 일이 있었다. 1년 전 일기를 들춰보면 글 속에 감정의 낙차가 깊다. 재작년도, 작년도 그리고 지금도 우리를 둘러싼 외부환경은 크게 달라지지 않았다. 힘든 상황도 여전하고 나라는 사람도 똑같다. 그러나 달라진 게 하나 있다. 바로 내 마음의 상태다. 시간을 관통해온 나는 훌쩍 자라 있었다. '도대체 왜 내게 이런 일이 생기는 걸까' 하는 생각은 '드디어 올 것이 왔구나' 하는 생각으로 바뀌었다. 전자가 고통을 거부하려고 몸부림치는 거라면 후자는 고통도 삶의 일부라고 인정해버리는 것과 같다. 마음만 달리 먹어도 상황은 다르게 읽혔다.

　　진부하지만 일을 하는 건 산에 올라가는 일처럼 보인다. 사람들이 산을 오르는 이유는 즐겁기 때문이다. 즐겁지 않다면 산을 올라가는 이유를 무엇에서 찾을 수 있을까. 산을 오르는 건 고통스럽다. 고통 뒤에 따르는 즐거움 때문에 오른다. 고통이 없다면 즐거움의 크기도 줄어든다. 생에 기쁨만 있고 슬픔이 존재하지 않는다면 기쁨은 의미를 잃을지도 모른다. 높고 험준한 산에 오를수록 즐거움이 커지는 이유다. 산을 오르면 중간마다 시원한 바람을 맞고, 붉은 진달래꽃을 만나고, 멀리 내려다보이는 풍경에 넋을 놓고, 얼음장 같은 계곡에 발을 담근다. 평지를 만나기도 하고 야트막한 내리막 경사는 반갑기만 하다. 오르는 내내 힘든 순간은 지속되나 찰나의 순간마다 만나게 되는 기쁨은 깊다. 산을 오르는 일을 기쁨과 슬픔 두 가지 감정으로 나눈다면 과연 기쁨

　　　　작고 단단한 마음,

이 클까 슬픔이 클까. 비중으로 보자면 슬픔이, 심도로 보자면 기쁨이 더 큰 것 같다. 슬픔은 길지만 소멸하고 기쁨은 짧지만 영원하다. 힘들게 산을 다녀와도 지나고 나면 아름다웠던 기억만 남기 때문이다. 넘어온 산과 넘고 있는 산, 그리고 그 너머에 남겨진 산을 보면서 첩첩산중이란 표현을 일에서도 읽는다. 이제 나는 넘어온 산보다 넘어야 할 산이 더 많다는 사실을 안다. 그리고 받아들인다. 그 막막함에, 조금은 미소 지을 줄 알게 되었다. 일에도 기쁨과 슬픔이 있다. 슬픔은 참아내는 것이 아니라 내 안에 흘려보내는 것이더라. 두려움과 불안 그리고 걱정의 존재도 나름 제 역할을 하고 있다고 생각한다. 이제는 고통을 견디고 떨쳐내려 노력하기보다는 내 안에 받아들이고 그 속에서 기쁨을 발견하려 한다.

MANUFACT
COFFEE
ROASTERS

MANUFACT
COFFEE
ROASTERS

MANUFACT
COFFEE
ROASTER

CAMELLIA

227g

227g

Espresso Blend

₩16,000원

MANUFACT
COFFEE
ROASTERS

AG 50
Arabica
Multi-
Variety

227g

카멜리아
CAMELLIA

Walnut, Nutty,
Cocoa, Smoky,
Chocolate, Malt,
Maple syrup

Ethiopia
Brazil
Rwanda
El Salvador

AG 50
Arabica
Multi-
Variety

매뉴팩트 커피

227g

MANUFACT
COFFEE
ROASTERS

폴 고갱
PAUL
GAUGUIN

Dark chocolate
Hazelnut, Toffee
Milk powder
Brown sugar
Rich body

Colombia
Costa Rica
Ethiopia
Guatemala
Indonesia

AG 48
Arabica
Multi-
Variety

매뉴팩트 커피

227g

Espresso

8oz   15,000

7장

오래달리기

기침은 야행성이 분명하다. 기침은 낮보다 밤에 왕성히 활동한다. 둘째 아들 기침 소리에 잠에서 깼다. 기침이 잦아들고 다시 새벽의 고요한 순간이 찾아왔다. 휴대전화를 켜보니 새벽 4시 30분이다. 맞춰놓은 알람이 울리기 30분 전이다. 알람을 지우고 이부자리를 정리했다. 책 쓰기의 어려움은 글 쓰는 자체도 어렵지만 글 쓰는 시간을 따로 만들어야 하는 것도 한몫 거든다. 책은 써야겠고 시간은 없으니 잠을 줄이는 방법을 택했다. 거실로 나와 스탠드를 밝히고 책상에 앉아 몽롱한 정신을 가다듬는다. 손에 잡히는 책을 든다. 무라카미 하루키가 쓴 책 《달리기를 말할 때 내가 하고 싶은 이야기》다. 소설가와 달리기라, 주제가 흥미롭다.

내가 달리기라는 운동을 시작한 건 2022년 봄부터다. 그해 여름에 가족들과 남도를 여행 중이었는데, 꽤 긴 여행을 기획해서 우리나라 남쪽 지방을 순회하며 며칠씩 생활을 이어갔다. 여행은 진도를 시작으로 해남, 보성, 고흥, 순천, 여수, 통영, 거제를 거쳐 전주에서 마무리했다. 이 여행의 목적은 '남도 지방에서 한 달 살아보기'였으니 여행지에서도 일상처럼 지내야겠다고 생각했다. 낯선 동네에 익숙해지려면 시간이 필요했다. 이

작고 단단한 마음,

시간을 단축하는 방법으로 산책과 달리기를 선택했다. 숙소를 중심으로 주변을 걷다 보면 건물과 거리가 눈에 익기 시작하고 점차 반경을 넓히면 마을이, 도시가 머리에 그려졌다. 산책은 가벼운 발걸음으로 짧은 거리를 이동하게 했고 달리기는 좀 더 먼 거리까지 갈 수 있게 허락했다. 처음 만난 도시와 빨리 친해지는 데 달리기는 꽤 유용했다. 사람들이 사는 곳과 사는 방식에 따라 보이는 풍경은 저마다 달랐다. 여수 바다를 보며 달렸고 통영 골목을 누볐다. 전주 시내가 훤히 보이는 뒷동산도 달렸다. 예상치 못한 순간을 만나는 것이 여행의 묘미이고 그 순간을 통해 얻는 경험이 여행의 이유라고 여긴다. 달리면서 훅하고 들어오는 순간을 사랑한다. 달리니 거리가 보였고 내가 어디에 있는지 (주변에 뭐가 있는지) 명확해졌다. 달리면 땀이 나고 땀이 나면 머리가 또렷해졌다. 체력이 늘어 여행 내내 쉽게 지치지 않았다. 여행을 마치고 집으로 돌아가면 달리기를 이어가야겠다고 다짐했다. 건강을 유지하기 위해서다.

어느 날 몸이 무너졌다

건강이 나빠지고 일상에 균열이 보이기 시작하

면서 운동의 필요성을 절감했다. 건강을 잃어보면 삶이 다르게 보인다. 나는 허약한 편은 아니었지만 그렇다고 건강한 편도 아닌 그 어딘가의 상태를 유지해오고 있었다. 일하면서 건강은 점차 나빠졌다. 과중한 업무와 스트레스에 무너졌다. 체력이 떨어졌고 서글프지만 노화가 진행되고 있음을 깨달았다. 30대 중반을 지나고 나서 급격히 떨어진 체력은 아무리 쉬어도 채워지지 않았다. 충전하면 금방 방전되는 6년 쓴 휴대전화 같았다. 체력은 기르는 것이라는 말의 의미를 받아들이게 된 순간이었다. 펄펄 끓는 20대였을 때는 아무리 무리해도 다음 날이면 멀쩡했다. 젊음의 시기가 영원할 것만 같았던 2018년의 어느 날, 몸은 무너졌다.

내 이마와 눈 주변에 피어난 울긋불긋한 피부를 보더니 의사는 고개를 가로저으며 한숨을 내쉬었다. 의사는 대상포진이라 진단했다. 면역력이 부족한 사람들에게 종종 발생하는 병이 서른다섯 살을 지나고 있던 나를 찾아왔다. 나이만 서른다섯이지 신체 나이는 육십에 가까웠다. 나이는 숫자에 불과하다는 말을 이렇게 쓸 줄이야. 대상포진은 신경세포가 손상되어, 그로 인해 극심한 통증을 얻게 되는 병이다. 치료가 늦으면 위험해진

작고 단단한 마음,

다. 대상포진에 걸리면 신경이 불에 타는 듯한 느낌을 받게 되는데 통증은 낮과 밤을 가리지 않고 나타났다. 누군가 한 움큼 쥔 바늘로 갑자기 머리를 찔렀을 때 느껴지는 고통이다. 내 경우엔 대상포진이 머리에 생겼다. 의사가 "당신은 병에 걸렸습니다"라는 선고를 내리자 몸은 바람이 빠진 듯 가라앉았다. 내 몸이 아픈 줄도 모르는 상태에서 느닷없이 내려진 선고는 아무래도 현실감이 떨어졌다. 이제부터 나는 환자이고 건강을 돌보는 게 우선이라는 생각을 받아들이자 마음이 한결 차분해졌다. 선택의 여지가 없었고 당분간 일상적인 생활보다 회복에 집중해야 했다. 아무래도 매장이 걱정되어 "가게에 나가 의자에만 앉아 있으면 안 되나요?"라고 의사에게 말했다. 의사는 "눈에 보이는 일거리가 당신을 이 상태로 만든 겁니다. 생각 자체를 하지 말아야 낫는 병이에요"라며 아무 생각 말고 침대에 누워 있으라는 일방적인 처방을 내렸다.

출근은 포기했지만 침대에 누워 하지 말라는 생각을 일방적으로 떠올렸다. 지우개를 생각하지 말라고 하면 머릿속엔 온통 지우개만 생각나는 것처럼 생각을 안 하려니 더 많은 생각이 분수처럼 솟아올랐다. 무슨 부귀영화를 누리겠다고 건강도 돌보지 않고 이렇게까지 일했나 스스로 한탄했다. 한번 건강을 잃고 보니 그동안 쌓아온 모든 것이 허사였다. 나는 하겠다고 마음먹은 일은 결과를 보는 성격이다. 도산공원점을 더 활성화하겠다고 마음을 먹었고 하루하루를 열심히 살았다. 그렇게 매일 자신을 몰아붙이면 몸은 천근처럼 무거워도 마음은 깃털처럼 가벼워져 그 기분이 나를 살아 있게 했다. 내 몸이 무거울수록 사람들에게 몸과 마음을 다해 커피를 제공했다는 기분에 큰 보람을 느꼈다. 내가 커피를 하는 이유를 말로 설명할 필요가 없을 정도로 매장에, 커피에 푹 빠져 지냈다. 육체에 적신호가 켜졌지만 정신은 신호를 무시하고 달렸다. 열정 가득한 코치처럼 넌 할 수 있다며 육신을 달달 볶았다. 몸이 무너지고 나서야 정신은 정신을 차렸다. 사람마다 삶을 팽팽하게 유지하는 여러 가치관이 있고 나에겐 건강이 으뜸이다. 식물은 흙에서 살고 물고기는 물에서 살듯 건강은 내가 살아 숨 쉬는 모든 행위의 토대다. 침대에 누워 일을 줄여야겠다고 생각했다. 나도 하루를 더 쉬어 다른 직원들처럼 일주일에 이틀은 쉬겠다고 다짐했다. 그리고 내가 없어도 매장이 돌아갈 수 있는 시스템을 만들어야겠다

작고 단단한 마음,

고 침대에 누워 결심했다.

　　대상포진을 시작으로 몸이 무너지기 시작한 이후 나를 가장 힘들게 했던 것 중 하나가 거북목 통증이었다. 핸드드립을 내릴 때의 자세가 문제를 키웠다. 핸드드립을 내릴 때 내 습관은 고개를 낫처럼 떨구고 상체를 기울여 커피를 내린다. 커피를 내리는 시간은 대략 3분 정도다. 하루에 한두 잔 정도 내린다면 문제가 없지만 매일 30~40여 잔을 꾸준히, 몇 해를 내리면서 목에 부담이 생기기 시작했다. 목뒤 디스크의 통증은 꽤 오래전부터였는데, 커피 일을 하면 피할 수 없는 직업병으로 여겼다. 가슴을 웅크리고 커피를 내리면 목은 신체 중심에 앞부분을 향하면서 머리의 하중을 받는다. 엎친 데 덮친 격으로 체중과 근육량이 점차 줄면서 뼈를 잡아주는 힘이 약해졌다. 무릎 주변에 근육이 없으면 무릎 관절에 무리가 가는 것과 같다. 등 근육이 상체를 뒤로 당겨주면 가슴이 활처럼 펴지고 목이 앞으로 나가는 걸 막아주는데 내 말라버린 등과 가슴이 목뼈가 휘는 걸 막지 못했다. 디스크가 신경을 누르고 목 주변의 근육이 뭉쳤다. 통증의 정점은 목에 담이 온 것처럼 고개를 돌릴 수가 없다는 건데 이것이 일상생활에 지장을 주고 수면을 방해했다. 몇 주에 걸쳐 고약한 통증이 지속됐다. 침을 맞고 약을 먹어도 소용이 없었다. 무엇보다 가장 고통스러운 점은 커피를 집중해서 내릴 수 없게 만드는 데 있었다. 일에 큰 지장을 끼쳤다.

업이 내게 요구한 능력들

전화위복이라 했던가. 건강상의 위험신호가 건강을 챙기게 만들고 건강한 회사 운영을 위한 결단을 내리게 해주었다. 대상포진으로 인한 증세는 2주 만에 완쾌되었으나, 건강이 원래대로 회복되기까지는 1년이 넘게 걸렸다. 건강은 하루아침에 나빠지지도, 좋아지지도 않는다. 파주에 이사 왔을 때, 기념으로 벤자민 고무나무 하나를 집에 들였다. 물을 주고 햇볕을 쬐주고 바람이 잘 통하는 곳에 놔주니 여태껏 건강하게 잘 자라고 있다. 식물이 잘 자라도록 필요한 것을 주듯 몸에 필요한 것을 꾸준히 제공하니 건강을 조금씩 얻었다. 몸에 필요한 건 음식과 휴식 그리고 운동이다. 음식과 휴식은 몸을 편하게 해주는 것이고 운동은 몸을 불편하게 만드는 것이다. 품질이 좋은 생두의 생육조건은 낮과 밤의 큰 일교차다. 수축과 팽창을 반복한 커피 열매는 훌륭한

　　　　작고 단단한 마음,

향미를 갖게 된다. 몸도 편한 상태와 불편한 상태를 꾸준히 반복했더니 신체에 건강이 깃들었다.

사업을 10년 넘게 해보니 사업을 하는 데는 눈부신 아이디어나 막대한 자본이 필수 조건은 아니라는 걸 알았다. 업은 자신의 적성과 능력에 따라 일정 기간 계속하여 종사하는 일이다. 자신이 잘하는 일을 찾아내고 능력을 키우면 누구든 할 수 있는 게 사업이다. 다만 일의 성과가 나오는 건 저마다 다르기 때문에 종사하는 기간도 얼마나 걸릴지 모를 일이다. 이렇듯 내 일이 업이 되려면 깊이가 생겨야 하고 깊이 파 내려가려면 시간이 필요하다. 어쩌면 나는 평생에 걸쳐야만 이루어질지도 모를 업에 뛰어든 걸지도 모른다. 커피를 업으로 삼아보니 커피 한 잔이 만들어지는 과정에 참여해 어떻게 하면 맛있는 커피를 만들 수 있는지 탐구하고, 시행착오를 반복하면서 차츰차츰 성장하게 하는 게 나의 성정과 잘 맞았다. 또 커피가 고객에게 전달되고 커피가 낳는 효용을 지켜보는 것이야말로 내가 커피를 하는 이유로 삼기에 충분했다. 커피가 가진 성질과 내가 가진 적성이 잘 어울린다는 걸 알게 되자 이 업에 뛰어들지 않을 수 없었다.

10년이란 시간 동안 커피로 밥벌이를 해보니 업이 나에게 요구한 몇 가지 능력이 있었음을 알게 되었다. 10년이면 강산도 변할 시간이고 인간의 몸도 시간에 깎인다. 사업은 해를 거듭할수록 일이 불어나고 일로 인한 스트레스도 늘어난다. 업은 일과 스트레스를 이겨낼 수 있는 체력을 요구했다. 내 몸 하나 가눌 힘이 없는 상태로 사업체를 끌어간다는 건 어불성설이다. 커피는 생두를 볶고 커피를 내리고 고객에게 제공하는 일의 반복이다. 커피를 볶고 내리고 제공하는 사이마다 디테일한 여러 공정이 숨어 있다. 업은 그 일을 매일, 수십 혹은 수백 번씩 반복하는 지난한 시간을 통과해야 하는 지구력을 요구했다. 또 그렇게 반복하는 공정 사이에서 미세한 차이를 발견할 수 있는 관찰력을 요구했다. 마지막으로 머리에서 퐁퐁 샘솟는 아이디어를 행동으로 옮기는 실행력이야말로 업을 유지하는 데 필요한 능력임을 일깨워주었다.

달리기를 멈추지 말자고

남도 여행에서 돌아온 후 아웃렛에서 나이키 러닝화를 한 켤레 샀다. 러닝용 팬츠와 여벌의 티셔츠도

구매했다. 운동에서 얻는 성과는 장비의 성능에 비례한다고 믿는다. 운동뿐만 아니라 대부분의 일에서 그렇다고 보는데, 운동을 처음 시작할 때는 실력이 장비의 성능에 크게 좌우되지 않지만 어느 정도 실력이 붙고 난 뒤에는 장비가 실력을 향상시킨다. 똑같은 원두여도 장비의 성능에 따라 다른 결과를 만드는 이유와 같다. 러닝화를 신고 복장을 갖춰 달렸다. 신발은 가볍고 쿠션은 말캉말캉하다. 러닝복은 가볍고 맨살에 닿는 감촉이 부드럽다. 바람이 드나들기 좋아 시원하고 땀을 잘 배출한다. 무엇보다 옷이 잘 마른다. 신발과 옷이 가벼워 아무것도 걸치지 않고 달리는 것 같은 기분이 든다. 넌 그냥 달리는 일에만 집중해, 라고 말하는 것 같다. 다짐했던 대로 여행에서 돌아왔어도 달리기는 꾸준히 이어 나갔다. 달리는 습관을 들이기 위해서 매일 아침 일찍 집을 나서 2km 정도를 달리고 들어왔다. 운동이 부족한 사람에겐 2km도 충분한 운동이 된다. 졸음이 달아나고 땀이 났다. 당연히 배도 고프다. 아침을 거르는 오랜 습관이 사라진 게 이때부터였다. 러닝을 마치고 아침마다 사과 한 알을 꼭 먹었다. 건강의 선순환이다.

운동은 본질적으로 건강하기 위해서 하는 것이

다. 달리기를 시작했고 운동의 결과를 기록했다. 기록은 운동의 성과를 객관적으로 파악하기 위해 도움이 됐다. 휴대전화에 나이키 러닝 클럽 앱을 설치했다. 처음엔 휴대전화를 들고 몇 주를 뛰다가 계속 달려봐도 좋겠다는 생각이 들어 애플 워치를 샀다. 소유한 물건 중에 쓸수록 만족감을 주는 물건을 만날 때면 쓸 때마다 기쁨을 만끽하게 된다. 러닝화가 그렇고 애플워치도 그중 하나다. 달리기할 때 가장 기쁜 순간은 달리기를 멈추는 순간이다. 애플워치에서 "운동을 종료합니다"라는 음성을 들을 때마다 벅찬 성취감을 느낀다. 매일 쌓이는 기록을 확인하는 것도 놓치지 않는 즐거움 중 하나다. 이런 식으로 러닝에 재미 요소를 하나씩 더해가면서 러닝을 지속했다. 2022년 10월은 한 달간 77.9km를 뛰었다. 서른세 번을 달렸고 시간은 총 8시간 24분 54초다. 하루에 두 번 뛴 날도 많다. 한 번 달릴 때마다 2.34km 정도를 뛰었다. 시간으로는 대략 15분 전후. 짧은 거리를 달렸지만 (당시 내게는 긴 거리) 누적되니 꽤 긴 거리, 긴 시간을 달렸다. 달리는 거리가 점차 늘었다. 2022년도에 205.9km를 뛰었고 2023년도는 238.4km를 뛰었다. 2024년도는 1,113km를 뛰었다. 나는 언제까지나 건

작고 단단한 마음,

강을 위해 달리기 때문에 달리기를 취미 이상으로 하는 사람에 비해 많이 뛰었다고는 할 수 없다. 하지만 나름 착실하게 거리를 밟아왔다는 점에서 기록에 의미를 두고 싶다. 기록이 쌓일수록 건강도 쌓였다.

　　달리기를 멈추지 말자고 생각한 이유는 여러 가지가 있다. 환절기마다 찾아오는 비염이 현저히 줄었다. 거의 없어졌다고 할 수 있을 정도로 증상은 가볍게 지나갔다. 호흡기가 좋아진 덕분이다. 그리고 하체가 좋아졌다. 하체는 나무의 뿌리와 같다. 나무가 뿌리에서 물을 흡수해 우듬지까지 물을 뿜어 올리듯 하체가 튼튼해지니 허리가 좋아졌다. 허리 다음으로 가슴과 등 그리고 목까지, 제멋대로였던 뼈들이 제자리를 찾았다. 정신적인 스트레스도 줄었다. 고민거리는 땀과 같이 흘려버렸다. 달리면서 하는 생각들이 있다. 내가 할 수 있는 일과 할 수 없는 일을 생각한다. 쓸데없는 고민 대부분은 내가 어찌할 수 없는 일이다. 고민은 흘러가게 놔두고 어찌할 수 있는 일이 무엇인지 뛰면서 생각한다. 기대되고 설레는 일을 계획하며 힘을 낸다. 쓸데없는 고민에 사용하는 에너지만 절약해도 체력은 남았다. 내가 해야 할일이 선명해졌다. 달리고 집으로 돌아오면 온몸이 땀에

흠뻑 젖는다. 힘껏 달리고 온 날은 저녁에 씻고 누우면 곧바로 잠들었다. 숙면이 지속됐다. 몸이 건강해지자 활력이 붙었다. 온종일 일해도 체력은 남았다. 늘 맑은 정신을 유지하니 의사결정이 쉬웠다. 사람을 만나고 활동을 하는 데는 체력과 에너지를 요구했다. 운동을 시작한 이래로 많은 사람과 다양한 활동을 이어왔지만 체력이 달린다는 느낌은 들지 않았다. 건강한 상태를 유지하면서 알게 된 건 에너지도 전염된다는 사실이다. 나의 건강한 상태가 구성원들에게도 전달되는 걸 느꼈다. 운동하는 구성원이 늘자 조직이 건강해졌고 회사에도 활력이 생겼다.

작업의 반복, 그 지난한 시간

원두를 계량하고 갈아낸다. 종이필터에 분쇄된 원두를 담고 물을 붓는다. 커피를 추출한다. 커피를 내리는 방법은 단 세 문장으로 충분하다. 커피를 내리는 방법은 단순하다고 하면 단순하고 복잡하다고 하면 복잡하다. 무슨 말장난 같은 말인가 싶겠지만 앞에 쓴 세 문장처럼 단순하게 커피를 내려도 커피는 커피다. 커피는 복잡하게 생각하면 한도 끝도 없이 깊어진다. 원두

작고 단단한 마음,

를 몇 g 계량했는지, 종이필터를 물로 씻어냈는지, 물 온도는 몇 도로 내리는지, 몇 차수로 얼마 동안 커피를 내리는지 그리고 어느 정도의 양을 추출했는지에 따라 맛이 천차만별이다. 단순히 커피 한 잔 내리는 데도 고민할 거리가 가을 낙엽처럼 우수수 떨어지는데 로스팅 영역에 들어가면 또 깊어지고 산지로 가면 더욱 넓어져 나중엔 길을 잃고 커피에서 빠져나오는 방법을 잊어버리게 된다. 그래서 커피는 할수록 어렵다는 말이 나오는 동시에 할수록 즐겁다고도 한다. 해도 해도 끝이 없다. 커피로 만족한 결과를 얻어본 적이 과연 있었던가 생각해보면 잡힐 듯 잡히지 않는 세팅 값 앞에서 늘 패배했다. 어쩌다 우연히 얻어걸린 만족할 만한 커피가 나오기라도 하면 세상을 다 얻은 듯 기쁨을 주체하지 못했다. 하지만 기쁨도 잠시뿐, 다음 내린 커피는 아까 그 황홀했던 커피가 아니다. 이미 떠나버린 기차처럼 이번 기차는 방금 떠난 기차와 모양만 비슷할 뿐 똑같지 않다. 커피를 잡겠다고 무던히도 많은 커피를 내리고 마셨다. 도리어 커피에 내가 잡혀 갖은 통증에 시달렸다. 커피는 잡겠다고 잡을 수 있는 성질의 것이 아니라는 걸 깨달은 건, 커피를 하고 수년을 보낸 후다.

완벽한 커피를 내리겠다는 고집은 10점 만점에 10점 과녁을 맞추는 것과 같다. 활쏘기를 무진장 연습하면 매번 10점을 맞출 수도 있겠지만 바람이 불고 비가 오고 매서운 추위가 오는 날에는 욕심을 좀 내려놓을 필요도 있다. 매장에서 직원을 교육할 때 비가 오나 눈이 오나 9점 내지는 10점을 맞출 수 있도록 독려했던 때도 많았는데 내 맘 같지 않은 결과 때문에 적잖이 고통받았다. 손님께 나가도 될까 싶은 커피를 내보내고 아이러니하게도 인생 커피다, 오늘 커피가 너무 맛있다, 하는 말로 되돌아오는 경우도 있었다. 내가 생각하는 품질의 기준과 고객이 생각하는 품질의 기준이 서로 다르다는 걸 인식한 순간이었다. 스스로 만족할 만한 기준을 한껏 올려놓은 상태다 보니 세팅 잡은 커피가 내 기대보다 조금 못 미쳐도 고객이 기대한 커피보다는 높은 경우가 많았다. 그다음부터는 직원 귀에 대고 잔소리하는 시간을 줄이고 9점 또는 10점에 가까운 커피를 만들기 위해 바리스타 스스로 고민할 수 있는 환경을 조성하는 데 더 많은 시간을 썼다. 커피 전문가는 복잡한 커피를 어떻게 하면 단순하게 전달할 수 있을까를 고민하는 사람이라고 생각한다. 앞에 펼쳐진 복잡하고 다양한

작고 단단한 마음,

변수를 이해하고 그것을 통제하면서 스스로가 원하는 결과에 가깝게 만드는 사람. 그 결과물을 소비자에게 전달하는 일을 하는 사람이다. 단순한 것을 복잡하게 만드는 걸 상상이라 하고 복잡한 것을 단순하게 만드는 걸 추상이라 하는데 그렇게 놓고 보면 커피를 하는 사람들은 추상 화가에 가깝다. 단순화한 작업의 반복을 얼마나 지속할 수 있을까. 그것을 푸는 열쇠가 업의 성패를 좌우한다고 믿는다.

내가 아는 가까운 사람 중에 석고를 소재로 그 위에 물감을 입히는 화가가 있다. 캔버스에 석고를 바르고 굳힌 뒤, 석고를 긁어 생채기를 내는데, 그 사이마다 물감을 칠해 굴곡과 질감을 드러낸다. 그림은 수천 번의 칼질과 붓질이 모여 하나의 그림이 된다. 커피를 그림 그리는 일에 비유한다면 커피도 붓질처럼 수천 잔 커피를 내려봐야 겨우 조금 알 것 같은 윤곽을 드러낸다. 내가 그리고 싶은 그림이 무엇인지 찾아내기 위해 수많은 양의 커피를 내리고 운이 좋게도 찾았다면 또 그것을 표현하기 위해 커피를 지속하는 힘이 요구된다. 그림이 그렇듯 커피가 어렵다고 생각하는 부분도 이렇게 고민하면서 만든 커피를 얼마만큼 지속할 수 있느냐의 문제

같다. 작업의 반복. 그 지난한 시간을 거쳐야 겨우 하나의 그림이 완성되는 것처럼 표현하고 싶은 그림의 크기와 작품의 수에 따라 내 앞에 놓인 셀 수 없이 많은 날을 헤아리게 된다. 그것을 견딜 수 있는 힘, 지구력은 커피를 하면서 원하는 걸 얻을 수 있는 가장 중요한 조건이라고 생각한다. 커피 현장에서 10년이란 시간을 통과하면서 뜨고 지는 별을 많이 목격했다. 한때 반짝였지만 사라진 브랜드도 있고 여전히 활화산 같은 생명력으로 꾸준히 연기를 피워올리는 브랜드도 있다. 로스팅, 커핑 그리고 커피 추출을 포함해 매일 반복되는 작업은 나를 조금씩 나아지게 만들고 있다.

면면히, 더 세세히

초등학교 6학년은 내 학창 시절을 통틀어 가장 유의미했던 학교생활로 기억한다. 담임선생님은 학교에서 엄하기로 유명한 선생님이었고 나는 꼼짝없이 선생님의 수업방식에 따라 1년을 보내야 했다. 아침에 등교하면 담임선생님은 일기장을 검사했고 독후감을 쓰게 했다. 수업이 시작되고 2교시와 3교시 사이, 20분간 쉬는 시간엔 학급신문에 나온 나무 또는 새 그림을 스

작고 단단한 마음,

케치하도록 했다. 점심을 먹고 난 뒤엔 스케치북을 가지고 학교 내 운동장이든 등나무 아래든 흐드러지게 핀 아무 꽃이나 자유롭게 그려오라고 시켰다. 음악 시간엔 교탁 앞에 서서 학우들을 바라보며 외운 노래를 불러야 했고 방과 후엔 선생님이 내준 숙제를 하느라 저녁이 짧았다. 선생님의 기대에 못 미치는 학생은 엄하게 혼이 났는데 그땐 혼나는 게 죽기보다 싫어 꽤 성실하게 수업을 따라갔다. 가끔 숙제가 벅차 눈물을 쏟기도 했고 내 신세와 달리 운동장에서 뛰어노는 아이들이 부럽기도 했다. 그러나 그렇게 1년을 꽉 채우고 보니 내 손엔 열 권 정도의 스케치북과 세 권의 일기장과 한 권의 독후감이 졸업장과 함께 들려 있었다. 시간은 모두에게 공평하지만 시간을 어떻게 사용하는가에 따라 얻는 결과가 달랐다. 지금 생각해보면 선생님은 시간을 사용하는 법을 가르쳐주신 게 아닐까 싶다. 선생님은 졸업장보다 더 귀한 걸 주셨다.

선생님은 1년 동안 읽고 쓰고 보고 그리는 능력을 키워주신 셈인데 그중 지금까지 가장 덕을 크게 본 능력을 꼽자면 쓰기와 보기다. 초등학생이 쓰는 일기라고 해봤자 아침은 뭘 먹었는지, 어디에 놀러 갔는지 정도의 눈에 보이는 것들을 옮겨 적는 수준이었다. 눈에 보이는 것들만 적어서는 지면을 채울 수 없었는지 어느 날부터 생각과 느낌을 일기장에 적기 시작했고 지면을 충실하게 채워갔다. 눈에 보이는 것뿐만 아니라 눈에 보이지 않는 것에도 관심을 두게 된 것이다. 페이지가 채워지고 권수가 늘어가자 시간을 들여 꾸준히 하는 것의 힘을 어린 나이에 조금은 알게 되었다. 매일 한 페이지씩 동물 또는 식물을 그렸다. 신문에 기재된 새를 그릴 때는 새마다 크기와 생김새가 달라 주된 특징을 잘 표현해야 했다. 깃털의 모양 또는 눈의 생김새, 혹은 꼬부라진 부리의 곡선을 자세히 살폈다. 또 코스모스나 장미 같은 꽃은 암술과 수술은 몇 개인지, 꽃잎은 몇 장인지, 식물 줄기는 매끄러운지, 가시가 있는지 등을 바라보게 됐다. 그림을 그리기 위해 생김새를 자세히 들여다보니 자연이, 사물이 보였다. 지금도 가끔 어떤 사물에 꽂히면 모양을 뚫어져라 쳐다보는데 사물의 면면을 세세히 뜯어보는 습관은 이때부터 생긴 것 같다.

사물의 현상을 바라보는 것도 예외는 아니다. 특히 커피가 추출되는 과정을 들여다보는 걸 좋아한다. 에스프레소가 추출되는 양상을 지켜보는 건 커피 하는 즐

작고 단단한 마음,

거움 중 하나다. 커피를 내리는 일은 익숙해질수록 단순한 작업의 반복이다. 전문가는 그 반복 속에서 차이를 발견하는 사람이라고 여긴다. 커피 세팅이란 맛있는 커피가 내려지는 조건을 갖춘 상태를 말하며 커피를 하는 사람은 이 상태를 가급적 길게 유지하고 싶어 한다. 동일한 조건으로 커피를 계속 내려도 추출양상이 조금씩 변하는 걸 목격하게 된다. 양상의 변화를 발견하고 변화는 어디서 기인한 것인지 찾아낸다. 그리고 다시 원하는 커피 맛이 나오도록 세팅 값을 조절해서 맛있는 커피의 상태를 유지하도록 한다. 온습도에 틀어진 바이올린 현을 다시 조절하는 것과 비슷하다. 이처럼 전문가는 미세한 차이를 발견하고 본래의 상태로 간극을 줄여나가는 사람이다.

커피를 추출하는 현상을 바라보는 일을 미시적 관점이라 한다면 커피 산업 전반의 흐름을 바라보는 것을 거시적 관점이라고 할 수 있다. 미시적 관점이 커피 한 잔이 어떻게 내려지는가를 바라보게 해준다면 거시적 관점은 사람은 어떻게 커피를 소비하고 있는가를 보여주었다. 내가 만약 커피를 내리는 일에만 관심을 쏟았다면 2013년에 남들처럼 카페를 열었을 것이다. 하지만 내 눈에 포착된 일련의 흐름은 프랜차이즈의 수가 줄고 개인 카페가 늘고 있었으며, 마이크로 로스터리가 생겨나고 있었다. 개인 카페는 자가 로스팅을 하지 않는 한 원두가 필요했고 수요에 맞춰 마이크로 로스터리의 수는 점차 늘어갔다. 더욱이 커피 제3의 물결이 넘실대던 시기여서 브랜딩을 겸비한 업체들이 개성을 드러내며 나타나기 시작했다. 커피 시장은 지각 변동했고 그 진동은 유독 내게 크게 다가왔다. 대출 없이 수중에 있는 돈으론 카페는 꿈도 못 꿨지만 콩 볶는 가게는 어떻게든 할 수 있을 것 같았다. 내 눈으로 직접 본 커피 문화의 흐름은 지금 로스터리를 시작하지 않으면 나중은 기약할 수 없다고 말하고 있었다. 그렇게 회사를 그만두고 형과 함께 매뉴팩트를 만들었다.

두드리면 열릴 것이다

매뉴팩트를 만든 해에 찬 바람이 불기 시작한 어느 가을날이었다. 당시는 매출이 조금만 떨어져도 마치 지붕이 무너진 것 같은 기분이 들던 시기였다. 마음은 롤러코스터를 타듯 오르락내리락을 반복하는데 주체할 수 없는 감정의 기복에 피폐해졌다. 야심 차게 콩 볶는

작고 단단한 마음,

가게를 차렸지만 납품처는 전무했고 울리지 않는 전화기만 쳐다봤다. 조급함과 마음의 갈증을 못 이긴 채 바닷물이라도 퍼마실 심정으로 볶아놓은 커피를 가방에 가득 담아 매장을 나섰다. 홍대로 나가 평소 마음에 담아두었던 카페에 가서 원두를 들이밀고 "우리 원두를 써보시겠습니까?" 하고 영업해볼 생각이었다. 인생 첫 외부 영업인지라 가게 출입문을 코앞에 두고도 발걸음이 떨어지지 않는 게 참 묘했다. 납품처를 늘리고 싶은 마음과 개인적인 창피함이 서로 다퉜다. 겨우 발걸음을 옮겨 매장에 들어가면 직원이 반갑게 인사를 건넸다. 내가 자기소개를 마치자 직원은 미소를 거두며 난색을 표했다. 이미 사용하고 있는 커피가 있고 영업 중이라 세팅을 잡을 수가 없네요, 라고 머리를 긁적이며 말했다. 원두를 두고 가면 세팅을 잡아보겠다는 기약 없는 약속을 받았다. 반나절 동안 열 군데 정도 카페를 방문해 샘플로 들고나온 커피를 모두 소진했다. 이미 커피가 자리 잡힌 가게에서 기존 커피를 바꾸는 건 업주에겐 무척 어려운 일이다. 커피 맛이 달라지면 기존 고객이 떠날지도 모른다는 두려움이 있기 때문이다. 게다가 우리처럼 이름도 들어보지 못한 신생 업체일수록 경쟁하기란 쉽

지 않고 사용 중인 커피가 인지도가 높은 커피 브랜드
일수록 장벽은 더 높아진다.

　　결과적으로 열 군데 업체 중 연락이 온 곳은 단 한
군데도 없었고 나는 외부 영업을 시작한 지 하루 만에
결론을 내렸다. 매뉴팩트는 인지도를 높여야 한다. 인지
도를 높이기 위해선 매장에 손님이 오게 해야 했다. 자파
에서 일하면서 배웠던, 손님이 오게 만드는 영업을 매뉴
팩트에 적용해야겠다고 생각했다. 나의 첫 영업에서 깨
지고 깨달은 것을 교훈으로 삼아 형과 나는 매장을 활
성화하는 방향으로 운영방식을 바꿨다. 비록 좁은 공간
이지만 손님 좌석을 좀 더 쾌적하게 만들고 콜드브루
추출 시스템을 증설하여 고객이 가까이서 커피를 제조
하는 모습을 볼 수 있도록 설계했다. 작은 공간이지만 매
뉴팩트라는 이름에서 느껴지는 대로 커피 제조의 모든
공정을 눈으로 확인할 수 있는 공간을 만들었다. 매뉴
팩트에 한 번이라도 온 사람은 반드시 다시 오게 만들
자고 다짐했다. 경험해보고 싶은 공간, 커피를 마셔보고
싶은 공간으로 탈바꿈했다. 우리의 노력이 고객의 마음
에 동했는지, 매뉴팩트에 방문한 손님은 다른 날 다른
손님을 함께 데리고 왔다. 매장을 찾는 손님이 많아지기

시작했고 특히 사람들은 공간에 대해 깊은 관심을 가졌다. 벽면을 가득 채운 콜드브루 시스템은 카메라에 꼭 담아가는 공간이 되었다.

　　　같은 해, 미국 출장 중에 샌프란시스코에 있는 '블루보틀 커피Blue Bottle Coffee'에서 커피를 마시고 있는데 사진 한 장을 전송받았다. 형이 보낸 사진엔 콜드브루 시스템에서 커피가 내려지고 있었다. 커피 제3의 물결을 직접 경험하고자 미국에 들어갔고 여러 브랜드 중 스텀프타운 커피 로스터스에 가보고 싶었는데 이유 중 하나가 콜드브루 보틀을 눈으로 직접 보기 위해서였다. 콜드브루는 당시 형과 내가 눈여겨보던 추출 방식이었고 스텀프타운 콜드브루 보틀을 꼭 직접 만져보고, 마셔보고 싶었다. 내가 미국에 있는 동안 형은 콜드브루 시스템 설계와 제작을 마쳐 추출 시스템을 테스트하고 있던 것이었다. 미국 출장을 마치고 돌아와 매뉴팩트 콜드브루 시스템을 보고 바로 이거다 싶었다. 콜드브루는 두 가지 추출 방법이 있는데, 큰 수조에 분쇄된 원두와 물을 담아 커피를 우려내는 침출식 방식과 원두에 물을 한 방울씩 쌓아 중력을 이용한 적출식 방식이다. 형이 만든 콜드브루 시스템은 적출식 추출법인, 소위 더치커피 추출 도구의 원리를 차용했다. 더치커피는 소분된 원두에 차가운 물을 일정한 시간 동안 한 방울씩 떨어트려 장시간 추출한 커피다. 매뉴팩트 콜드브루 시스템은 직접 조립한 수도 파이프라인에 원두를 걸어 다량의 커피를 생산할 수 있다. 적출식 추출법은 손이 많이 간다는 단점이 있지만 커피의 뒷맛이 깔끔하고 커피의 개성을 잘 드러낸다는 장점이 있다. 지금은 과거보다 콜드브루를 판매하는 곳이 많아졌고 침출식 방식을 선호하는 업체도 늘었지만 매뉴팩트는 여전히 적출식 방식을 고집하고 있다. 굵직한 파이프라인으로 연결된 콜드브루 시스템을 매장 벽면에 설치하고 추출에 들어갔다. 강렬한 이미지였다. 추출한 커피 원액은 주스병에 담아 라벨을 붙여 판매를 시작했다. 이때 처음 내려 마신 에티오피아 아리차 콜드브루는 평생 잊지 못할 향미를 선사했다. 커피를 잔에 따르다 병 바깥으로 흘러내린 한 방울의 커피에서도 단향이 진동했다. 내가 콜드브루 보틀을 보고 싶어서 미국까지 부러 갔던 것처럼 사람들은 매뉴팩트 콜드브루 시스템을 보기 위해 매장으로 올라왔다. 콜드브루 시스템은 사람들에게 매뉴팩트를 알리는 데 눈부신 역할을 했다.

작고 단단한 마음,

홍대에 나가 원두를 돌린 나의 첫 영업은 실패했다. 하지만 실패는 우리가 어디로 가야 하는지 새로운 이정표를 제공해주었다. 미국에 가서 여러 브랜드를 직접 보고 겪은 경험은 매뉴팩트의 정체성을 세우는 데 도움이 되었다. 머릿속에 맴돌던 콜드브루 시스템을 만든 것도, 매장을 활성화하기 위해 공간을 다시 꾸민 것도 회사가 도약하는 데 크게 일조했다. 실행했기 때문에 얻게 된 결과들이었다. 건강한 신체와 정신을 가졌고 성실함과 기회를 포착할 줄 아는 예리한 눈을 가졌다 하더라도 생각이 머릿속에만 맴돌고 행동으로 옮기지 않는다면 결과는 얻을 수 없다고 업은 가르쳐주었다.

　　회사를 그만두고 연희동에 가게를 연 뒤, 내 인생은 새로운 길로 접어들었다. 가게를 열기 전에 내 삶은 예측 가능한 범위 안에서 직조되어 내가 본 것만큼, 내가 가본 만큼의 시선을 가지고 삶을 살았다. 그러나 커피를 만나고 가게를 하면서 삶은 내가 보지 못했던, 내가 가보지 않았던 너머로 나를 데려갔다. 그곳에서 크고 작은 선택지를 맞이했고, 어떤 일이든 하기로 마음먹은 일엔 뒤돌아보지 않았다. 하지 않은 것을 후회하기보다 하고 있는 일에 최선을 다하지 않는 것을 경계했다.

순항과 난항은 밀물과 썰물처럼 번갈아 찾아왔다. 어찌할 수 있는 것은 최선을 다하고 손쓸 수 없는 건 순하게 받아들였다. 도전의 결과가 달콤하기도, 씁쓸하기도 했다. 달콤하면 충치가 생기기도 했고 씁쓸하면 몸에 좋기도 했다. 흘러온 길을 돌아보니 겪어온 모든 일은 스승이었다. 좋은 결과는 그 나름의 성과를 얻었고 나쁜 결과는 실패한 원인을 발견할 수 있어 기뻤다. 성공에 도취해 안일한 생각에 잠겨보기도 했고 뼈아픈 실패에 더 나은 방향을 탐색할 계기를 얻기도 했다. 손에 쥔 것을 놓지 않으려 안간힘을 써보기도 했고 어깨에 힘이 잔뜩 들어간 채 고개가 숙여지지 않은 적도 있었다. 지금까지 내가 겪어온 일련의 과정은 좋아하는 일을 업으로 삼게 되면 만나게 되는 숙명 같은 일이라 생각한다. 아이가 진짜 어른이 되려면 거쳐야 하는 성장통처럼. 내가 거쳐온 이 길이 누군가가 앞서 걸어간 길이라는 생각에 위로를 얻는다. 그리고 내가 걸어온 길이 누군가에게 등불이 되어 어깨에 짊어진 배낭의 짐을 조금은 덜어낼 수 있게 되길 바란다. 흘러온 대로, 흐름 따라, 흘러가려 한다. 몸을 맡긴 이 강물은 그렇게 흐르고 흘러 바다를 향해 천천히 나아간다.

마치며

    출판사에 4장까지 원고를 전달한 후 8개월의 공백기를 가진 적이 있다. 책을 써보겠다고 했을 때 장별로 원고를 보내기로 약속했지만 잘 써내려가던 글은 5장으로 넘어가지 못했다. 5장을 쓸 시기에 회사는 좌초를 겪는 중이었고 공교롭게도 5장의 내용도 운영에 관한 내용을 쓰던 중이었다. 여기서 나는 길을 잃었다. 길은 책의 방향이자 회사의 방향이었다. 한동안 한 자도 나아가질 못하는 상황이 지속되자 편집장에게 곤란함을 토로했다. 내게 벌어지고 있는 일은 글 쓰는 사람에겐 왕왕 있는 일이기에 글 쓰는 속도를 좀 늦춰도 좋겠다는 조언을 들었다. 다만 멈추지 말 것. 멈추지만 말고 조금씩이라도 쓰는 게 중요하다는 마지막 당부를 나는 지키지 못했다. 무엇을 써야 할지 모르는 상태로 여러 달을 보냈다.

    여러 해 전부터 그간 운영해왔던 방식이 더 이상 회사를 성장시키지 못하고 있다고 느꼈다. 늘 해오던 것 중에서 유지할 것과 변화가 필요한 것을 나누고 바꿔야

작고 단단한 마음,

할 건 과감히 바꿨다. 처음 시도해보는 걸 찾고 그것을 어떻게 시작할 것인가를 고민했다. 내가 새롭게 잡은 방향은 매뉴팩트가 사람과 브랜드 그리고 사회에 효용을 제공하는 가치 있는 브랜드가 되기 위한 구체적인 활동이었다. 커피 브랜드와 협업은 그간 켜켜이 쌓인 이미지 너머의 새로운 모습을 사람들에게 경험시켜주었다. 추출과 관련한 세미나와 퍼블릭 커핑 세션을 통해 정보를 공유하고 커피를 함께 나누는 장을 열었다. 아웃도어 활동을 전개하는 여러 브랜드와 함께 다양한 현장에서 커피를 마시는 방법을 공유했다. 자사 홈페이지 외에도 여러 온라인 채널을 열어 고객이 쉽게 커피를 접할 수 있도록 했다. 의류 브랜드와 협업한 제품이 출시되어 브랜드 홍보에 기여했고 월간 인터뷰는 세상을 더 나은 곳으로 만드는 사람과 브랜드를 비추는 콘텐츠로 역할을 해내고 있다. 무엇을 써야 할지 몰랐던 8개월의 공백은 빈틈없이 채워진 활동의 기간이었다.

돌아보니 공백기를 거친 8개월은 내게 황금 같은 시기였다. 새가 껍데기를 깨고 나오는 시기이자, 누에가 고치를 뚫고 나오는 시기였다. 회사는 해보지 않았던 경험을 찾아 떠났고 그 여행에서 사람들과 만날 수 있었다. 여행에서 보고 겪은 일들이 얼마나 아름다웠는가는 여행이 끝나야 비로소 알 수 있듯, 회사의 여행도 일정한 기간이 흐르고 나서야 우리에게 남긴 것이 무엇인지 말해주었다. 책이 다시 써질 무렵, 우리가 무엇을 해야 하는지 다시금 방향을 잡을 수 있었다. 그리고 그곳으로 의심 없이 나아가고 있다. 매뉴팩트 커피가 여러 사람과 브랜드를 만나고 능동적으로 협업을 진행하면서 열린 세계를 만났다. 그 세상에 살고 있는 사람들과 손을 맞잡고 지금껏 겪어보지 못한 경험을 하면서 내가 몰랐던 새로운 세계가 있음을 깨닫는다. 마치 커피를 처음 시작하면서 알게 된 가보지 않은 세계를 마주한 기분을 상기한다.

작고 단단한 마음,

이어진 활동과 경험은 일부 내용을 제외하고 이 책에 수록되지 못했다. 회사를 만들고 가장 찬란한 순간으로 기억될 지금의 시기가 아직 끝나지 않았기 때문이다. 삶이 허락한다면, 회사가 또 다른 10년을 맞이하고, 다시 한번 10년을 돌아볼 기회가 주어진다면, 그때 지금의 여행기를 글로 풀어 보고 싶다. 어려운 시기가 지나야 얼마나 어려웠는지 깨닫는 것처럼 찬란한 순간도 조금 더 지나야 알 수 있을 것 같다. 슬픔의 순간은 흘러갔고 기쁨의 순간이 오고 있다. 일단은 지금, 이 순간을 만끽하고 싶다. 멀리서 바람이 분다. 이마에 맺힌 땀방울이 바람과 함께 흩어진다.

작고 단단한 마음 01

매뉴팩트 커피,
커피 하는 마음

1판 1쇄 인쇄	2025년 2월 25일
1판 1쇄 발행	2025년 3월 8일
글	김종진
사진	김종필
발행처	(주)수오서재
발행인	황은희 장건태
책임편집	마선영
편집	최민화 박세연
마케팅	황혜란 안혜인
디자인	권미리
제작	제이오
주소	경기도 파주시 돌곶이길 170-2 (10883)
등록	2018년 10월 4일 (제406-2018-000114호)
전화	031 955 9790
팩스	031 946 9796
전자우편	info@suobooks.com
홈페이지	www.suobooks.com
ISBN	979-11-93238-56-1 03810 책값은 뒤표지에 있습니다.